따라 쓰는 즐거움 01

이상한 나라의
앨리스 필사집

Alice in Wonderland

목차

♠ 01　토끼 굴 속으로　008

♣ 02　눈물 웅덩이　028

♥ 03　코커스 경주와 기나긴 이야기　048

♦ 04　토끼, 작은 도마뱀 빌을 들여보내다　068

♠ 05　애벌레의 조언　092

♣ 06　돼지와 후추　116

♥
07   미치광이 다과회   142

♦
08   여왕의 크로케 경기장   168

♠
09   가짜 거북 이야기   192

♣
10   바닷가재 카드리유   216

♥
11   누가 타르트를 훔쳤나?   242

♦
12   앨리스의 증언   262

이상한 나라의 앨리스

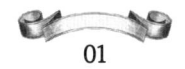

01
토끼 굴 속으로

앨리스는 강둑에서 가만히 언니 곁에 앉아 있으려니 몹시 지루해졌다. 한두 번쯤 언니가 읽는 책을 흘끔 들여다보았지만, 책에는 그림이나 대화가 전혀 없었다. '그림도 없고 대화도 없는 책이 무슨 쓸모람?'

몹시 졸리고 멍한 더운 날씨에 번거롭게 일어나서 데이지 꽃을 꺾으러 갈 만큼 꽃목걸이를 만드는 일이 재미있을까 고민하는데, 난데없이 눈이 분홍색인 '흰 토끼'가 앨리스 바로 곁을 뛰어갔다.

그다지 놀랄 일은 아니었다. 앨리스는 토끼가 "맙소사! 이럴 수가! 너무 늦겠다!"라며 중얼거리는 소리를 듣고도 그렇게 이상하다고 생각하지 않았다(나중에 돌이켜보니 이걸 이상하게 여겨야 했다는 생각이 들었지만, 그때는 모든 게 더없이 자연스러워 보였다). 하지만 토끼가 조끼 주머니에서 회중시계를 꺼내어 보고는 서둘러 달음질치자, 앨리스는 벌떡 일어섰다. 주머니가 달린 조끼를 입은 토끼도, 주머니에서 회중시계를 꺼내 보는 토끼도 지금껏 한 번도 본 적이 없다는 사실이 번쩍

떠올랐기 때문이다. 호기심이 끓어오른 앨리스는 토끼를 뒤쫓아서 들판을 가로질러 달려갔고, 때마침 토끼가 산울타리 아래의 큼직한 토끼 굴 속으로 쏙 들어가는 모습을 보았다.

이내 앨리스도 토끼를 따라 굴 속으로 들어갔다. 어떻게 다시 굴 밖으로 나올지는 전혀 생각하지 않았다.

토끼 굴은 마치 터널처럼 얼마간 앞으로 곧게 이어지다가 갑자기 아래로 쑥 꺼졌다. 이 상황이 얼마나 갑작스러웠는지 앨리스는 멈춰야겠다고 생각할 겨를도 없이 깊은 구덩이로 떨어졌다.

토끼 굴 구덩이가 무척 깊었든지 아니면 앨리스가 무척 느리게 떨어졌든지, 앨리스는 아래로 떨어지는 동안 여유롭게 주변을 살펴보며 이 다음에 어떤 일이 벌어질까 무척 궁금해했다. 먼저 아래를 내려다보며 지금 어디로 가고 있는지 알아내려고 했지만, 너무 깜깜해서 아무것도 보이지 않았다. 그래서 벽을 쳐다보았더니, 벽면이 찬장과 책장으로 빼곡하게 덮여 있었다. 지도와 그림도 여기저기에 걸려 있었다.

앨리스는 떨어지면서 찬장을 지나치다가 단지 하나를 꺼냈다. 단지에는 '**오렌지 마멀레이드**'라는 라벨이 붙어 있었는데, 실망스럽게도 안이 텅 비어 있었다. 앨리스는 혹시 단지를 떨어뜨렸다가 아래에 있는 사람이 다칠까 봐 겁이 나서 지나쳐 가던 찬장 한 군데에 단지를 어렵게

다시 얹어 두었다.

'그래!' 앨리스는 생각했다. '이렇게 오랫동안 떨어지고 나면 이제 계단에서 굴러떨어지는 건 아무렇지도 않을 거야. 집에 가면 다들 내가 엄청 용감하다고 하겠지! 지붕 꼭대기에서 떨어지더라도 찍소리하지 않을 거야!'

아래로, 아래로, 아래로.

여기에 끝이 있기는 할까? "지금까지 몇 킬로미터나 떨어졌을까?" 앨리스가 큰소리로 외쳤다. "어쩌면 지구 중심까지 가는 모양이야. 어디 보자, 지구 중심까지는 6,400km였던 것 같은데…." 앨리스는 학교 수업에서 이런 지식을 배웠다. 지금은 듣는 사람이 아무도 없으므로 지식을 뽐내기에 좋은 때는 아니었지만, 그래도 배운 내용을 되새겨 보면서 복습하기에 좋았다. "맞아, 그 정도였어. 그러면 여기 위도나 경도는 얼마인 거지?" 앨리스는 위도나 경도를 전혀 몰랐지만, 두 단어 다 근사하고 똑똑해 보이는 단어라고 생각했다.

앨리스는 곧 다시 입을 열었다. "설마 지금 지구를 통과하는 건 아니겠지! 지구 반대편으로 나갔는데 사람들이 머리로 땅을 딛고 거꾸로

걸어 다니면 얼마나 웃길까! 그런 걸 '대척자'라고 했지, 아마…." 이번에는 듣는 사람이 아무도 없어서 다행이었다. 아무래도 틀린 단어 같았지만 앨리스는 아무 상관이 없었다.

"사람들한테 나라 이름이 뭔지 물어봐야겠어. 부인, 여기가 뉴질랜드인가요? 아니면 오스트레일리아인가요?" 앨리스는 이 말을 하면서 무릎을 굽혀 인사하려고 애썼다. (허공에서 떨어지는 와중에도 고상하게 인사하려 하다니! 여러분이라면 할 수 있을까?) "그러면 무식한 어린애라고 생각할 텐데! 안 되겠다, 절대 묻지 말아야겠어. 어딘가 적혀 있는 걸 보면 알게 되겠지."

아래로, 아래로, 아래로.

할 말이 없어지자 앨리스는 고양이 다이나가 생각났다. "오늘 밤에 다이나가 날 몹시 보고 싶어 할 거야! 누군가 차 마시는 시간에 잊지 말고 다이나에게 우유 한 접시를 챙겨 줘야 할 텐데. 귀여운 다이나! 나랑 같이 여기에 있으면 얼마나 좋을까! 공중에 쥐는 한 마리도 없지만, 그래도 다이나가 박쥐는 잡을 수 있을 거야. 박쥐는 쥐랑 아주 비슷하잖아. 어라, 그런데 고양이가 박쥐도 먹나?"

이때 앨리스는 갑자기 잠이 스르르 밀려와서 반쯤 꿈결을 헤매듯 혼잣말을 했다. "고양이가 박쥐를 먹을까? 고양이가 박쥐를 먹을까?" 가끔은 "박쥐가 고양이를 먹을까?"라고도 했다. 어차피 어느 질문에도 대답할 수 없었으니 어떤 식으로 말하든지 상관없었다.

그러다 앨리스는 깜빡 잠이 들었고, 다이나와 손을 잡고 걷는 꿈을 꾸며 무척 진지하게 말을 걸었다. "다이나, 사실대로 말해 봐. 박쥐를 먹어 본 적 있어?" 그 순간 '쿵! 털썩!' 하더니 앨리스는 어느새 바닥의 나뭇가지와 마른 잎사귀 더미에 떨어졌다.

앨리스는 털끝 하나 다치지 않은 채로 곧장 일어섰다. 고개를 들어 위를 올려다보았지만, 온통 칠흑같이 어두웠다. 눈앞에 다시 통로가 길게 뻗어 있었는데, 서둘러 달려가는 흰 토끼가 눈에 들어왔다. 꾸물댈 시간이 없었다. 앨리스는 바람처럼 달려갔고, 토끼가 모퉁이를 돌면서 말하는 소리도 놓치지 않고 들었다. "오, 내 귀랑 수염이 엉망이네. 그나저나 너무 늦었는데!"

앨리스는 토끼 뒤에 바싹 따라붙었지만, 모퉁이를 돌았더니 토끼는 온데간데없이 사라지고 길고 낮은 복도가 나타났다. 복도 천장에 줄지어 매달린 램프가 빛을 드리웠다.

복도 전체에 문이 쭉 나 있었지만 모두 잠겨 있었다.

앨리스는 복도 끝까지 가면서 문을 하나씩 열어 보았지만, 결국 시무룩하게 가운데로 걸어와서 다시 나갈 방법을 고민했다.

그러던 중 느닷없이 전부 유리로 만들어진 작은 세 발 탁자가 눈에 들어왔다. 세 발 탁자 위에는 자그마한 황금 열쇠 하나만 놓여 있었다. 앨리스는 그 열쇠를 보자마자 복도의 문 한 군데를 열 수 있겠다고 생각했다. 하지만 자물쇠가 너무 크거나 혹은 열쇠가 너무 작아서 어느 문도 열 수 없었다. 앨리스는 여기저기 문을 열어 보며 다니다가 전에는 눈치채지 못한 커튼을 발견했다. 낮게 걸린 커튼 뒤에는 높이가 40cm 정도 되는 작은 문이 있었는데, 그 문의 자물쇠에 황금 열쇠를 넣었더니 기쁘게도 딱 들어맞았다.

작은 문을 열자 고작 쥐구멍만 한 작은 통로가 나왔다. 앨리스가 무릎을 꿇고 앉아서 통로 너머를 들여다보았더니 한 번도 본 적 없는 아름다운 정원이 보였다. 컴컴한 복도에서 빠져나가 화사한 꽃밭과 시원한 분수 사이를 거닐고 싶었지만, 통로 입구에 머리조차 밀어 넣을 수 없었다. '혹시 머리가 들어가더라도 어깨에서 막히면 아무 소용 없잖아.' 가여운 앨리스가 생각했다. '아, 망원경처럼 몸을 착착 접을 수 있다면 얼마나 좋을까! 처음에 어떻게 해야 하는지만 알면 될 텐데.' 그동안 별난 일이 하도 많아서, 이젠 무슨 일이든 가능할 것 같았다.

작은 문 앞에서 기다려봤자 헛된 일 같아서 앨리스는 세 발 탁자로 돌아갔다. 다른 열쇠가 있거나 망원경처럼 몸을 접는 법을 알려 주는 책이라도 있기를 살짝 기대했다. 그런데 이번에는 뜬금없이 작은 병이 놓여 있었다. "틀림없이 아까는 없었는데." 앨리스가 말했다. 병에 달린 라벨에는 커다랗고 멋들어진 글씨체로 '**날 마셔요**'라고 적혀 있었다.

'날 마셔요'라는 말은 몹시 솔깃했지만, 슬기로운 앨리스는 선뜻 마실 생각이 없었다. "아냐, 먼저 살펴봐야겠어. '독'이라는 표시는 없는지 봐야지."

앨리스는 아이들이 불에 데고, 야수에게 잡아먹히고, 갖가지 끔찍한 일을 당하는 동화를 여러 편 읽었다. 이 동화 속 이야기들은 모두 친구들이 가르쳐 준 간단한 규칙을 잊어버린 탓에 벌어진 일이었다. 이를테면 벌겋게 달궈진 부지깽이를 너무 오래 잡고 있으면 화상을 입는다거나, 칼에 손을 깊이 베이면 피가 난다는 규칙을 잊어버렸다. 앨리스는 '독'이라고 적힌 병에 든 것을 많이 마시면 머지않아 탈이 난다는 규칙도 절대 잊지 않았다.

하지만 이 작은 병에는 '독'이라는 표시가 전혀 없었다. 그래서 조심스럽게 맛보았더니 체리 타르트와 커스터드, 파인애플, 칠면조 구이, 캐러멜, 버터 바른 따끈한 토스트 맛이 섞여 있어 아주 맛있었다.

앨리스는 눈 깜짝할 새에 다 마셔 버렸다.

"느낌이 이상해!" 앨리스가 말했다. "몸이 망원경처럼 줄고 있나 봐!"

정말이었다. 앨리스는 이제 키가 25cm밖에 되지 않았다. 작은 문을 통과해서 저 끝에 있는 아름다운 정원으로 들어갈 만큼 작아졌다는 생각에 앨리스의 얼굴이 환해졌다. 그러다 몸이 더 줄어들지 않을까 하는 불안감이 슬쩍 밀려왔다. "혹시 모르잖아." 앨리스가 중얼거렸다. "내가 촛불처럼 완전히 사라져 버릴지도 몰라. 그러면 어떡하지?" 앨리스는 촛불을 후 불어서 끄고 나면 촛불 불꽃이 어떻게 되는지 상상하려고 애썼다. 그런 건 한 번도 본 기억이 없었다.

잠시 후 더는 아무 일도 일어나지 않자, 앨리스는 곧바로 정원으로 가려고 했다. 그런데 문가에 이르러서 세 발 탁자 위에 있던 자그마한 황금 열쇠를 깜빡했다는 사실을 깨달았다. 다시 탁자로 돌아갔지만, 이제는 몸이 너무 작아져 버려서 황금 열쇠에 손이 닿지 않았다. 유리로 된 탁자라 아래에서도 황금 열쇠가 똑똑히 보였는데 말이다. 있는 힘껏 탁자 다리를 기어오르려고 했지만, 너무 미끄러워서 오를 수 없었다.

앨리스는 애쓰다가 지쳐서 그만 바닥에 주저앉아 울어버렸다.

"자, 그렇게 울어봤자 소용없어!" 앨리스는 따끔하게 스스로를 다그쳤다. "이제, 그만 울어!" 앨리스는 자주 자기 자신에게 유용한 충고를 건넸다. 가끔은 눈물이 찔끔 나올 만큼 자신을 호되게 꾸짖기도 했다. 한번은 자기 자신과 크로케[1] 시합을 벌이다가 속임수를 썼다면서 자신의 따귀를 때리려고 했던 일도 있었다. 이 별난 아이는 두 사람인 척 연기하기를 무척 좋아했다. 하지만 지금은 그런 게 다 쓸모없었다. '두 사람인 척해서 뭐 해! 멀쩡한 사람이라고 할 수도 없을 만큼 엄청 작아졌잖아!' 가여운 앨리스가 생각했다.

그때 곧바로 탁자 아래에 놓인 작은 유리 상자가 눈에 들어왔다. 그 상자를 열었더니 안에는 아주 작은 케이크 한 조각이 들어있었다. 그 케이크 위에는 까치밥나무 열매로 '**나를 먹어요**'라는 글이 곱게 적혀 있었다. "좋아, 먹겠어." 앨리스가 말했다. "몸이 커진다면 열쇠에 손이 닿을 거야. 몸이 더 작아진다면 문 아래 틈으로 기어서 갈 수 있을 테고. 그렇게 되면 어느 쪽이든 정원에 갈 수 있으니까 상관없어!"

앨리스는 케이크를 작게 한 입 먹었고, 키가 변하는지 보려고 머리에 손을 얹은 채 초조하게 "어느 쪽이지? 어느 쪽이야?" 하고 중얼거렸다.

---

[1] 잔디밭에서 나무망치로 나무 공을 치며 속도를 겨루는 경기 - 옮긴이 주

그런데 키가 조금도 변하지 않아서 앨리스는 깜짝 놀랐다. 케이크를 먹어도 키가 변하지 않는 게 보통은 당연하지만, 엉뚱한 사건이 발생하는 데 익숙해진 앨리스는 이런 평범한 일이 따분하고 시시해졌다.

그래서 이번에는 케이크를 순식간에 전부 다 먹어 치웠다.

02
눈물 웅덩이

"갈수록 이상해!" 앨리스가 소리쳤다. 어찌나 놀랐는지 잠시 똑바로 말하는 법을 잊어버릴 정도였다. "세상에서 가장 커다란 망원경처럼 내 몸이 늘어나고 있잖아!" 앨리스가 아래를 내려다보니 발이 너무나 멀어져서 보이지도 않을 지경이었다.

"안쓰러운 내 발, 이제 누가 너희에게 구두와 양말을 신겨 주겠니? 나는 못 할 텐데! 이젠 너무 멀리 떨어져 있어서 너희에게 가까이 가지 못할 거야. 이제 너희들이 최선을 다해 알아서 하렴."

'하지만 나도 발에 신경을 써야겠지.' 앨리스가 속으로 생각했다. '안 그랬다가는 발이 내가 가자는 데로 걷지 않을 거야! 어디 보자. 크리스마스마다 새 부츠를 사 줘야겠다.'

앨리스는 발에 선물을 어떻게 보낼지 계획을 세웠다. '선물은 소포로 부쳐야겠지. 그나저나 자기 발에 선물을 보낸다니, 얼마나 웃길까! 주소도 정말 이상해 보일 거야!'

벽난로 망 근처,

난로 앞 깔개,

앨리스의 오른발 귀하

(앨리스의 사랑을 담아)

'오, 맙소사, 이게 무슨 말이야!'

 바로 그 순간, 앨리스의 머리가 복도 천장에 쿵 부딪혔다. 이제 앨리스의 키는 3m 가까이 자랐다. 앨리스는 당장 자그마한 황금 열쇠를 집어 들고 부랴부랴 정원으로 나가는 문으로 향했다.

 하지만 이제는 몸이 너무나 커져서 옆으로 누워 한쪽 눈으로만 정원을 들여다볼 수 있을 뿐이었다. 이로써 문을 통과할 가능성은 모조리 사라지고 말았다. 앨리스는 다시 앉아서 울기 시작했다.

 "부끄러운 줄 알아야지!" 앨리스가 말했다. "너처럼 다 큰 애가 이렇게 계속 울다니! 뚝 그쳐!" (이제는 이렇게 말하는 것도 당연했다.)

 하지만 앨리스가 하염없이 눈물을 펑펑 쏟아낸 탓에 주변에 커다란 웅덩이가 고이고 말았다. 깊이가 10cm쯤 되는 웅덩이가 복도 절반을 뒤덮었다.

이윽고 멀리서 타닥타닥 발걸음 소리가 작게 들려왔다. 앨리스는 무엇이 다가오는지 보려고 얼른 눈물을 닦았다. 다가온 건 근사하게 차려입은 흰 토끼였다. 한 손에는 새끼 염소 가죽으로 만든 하얀 장갑 한 켤레를, 다른 손에는 커다란 부채를 들고 있었다. 토끼는 바쁘게 종종걸음 치면서 웅얼거렸다. "아! 공작 부인, 공작 부인! 아! 늦게 가면 노발대발 하실 텐데!"

앨리스는 지금 너무나 절박해서 누구든 붙잡고 도움을 청하고 싶었다. 그래서 토끼가 가까이 다가왔을 때 소심한 목소리로 말을 걸었다. "실례합니다만, 선생님…." 그런데 토끼는 앨리스 목소리에 화들짝 놀라서 하얀 가죽 장갑과 부채를 떨어뜨리고는 어둠 속으로 있는 힘껏 허둥지둥 달려갔다.

앨리스는 토끼가 떨어뜨리고 간 부채와 장갑을 주워들었다. 그러고는 복도가 매우 더워서 연신 부채질하며 혼잣말을 중얼거렸다. "어머나, 세상에! 오늘은 정말 별나잖아! 어제는 평소와 다름없이 지냈는데, 밤새 내가 달라진 걸까? 생각 좀 해 보자. 오늘 아침에 일어났을 때 이전이랑 똑같았던가? 뭔가 조금 다른 느낌이었던 것 같긴 해. 그런데 내가 다른 사람이 되었다면, 어떤 새로운 게 펼쳐질까 궁금해지는걸. '대체 나는 누구일까?' 아, 너무 어려운 수수께끼야."

앨리스는 나이가 똑같은 아이들을 빠짐없이 떠올려 보며 누구하고 바뀌었을지 곰곰이 생각해 보았다.

"에이다는 확실히 아니야." 앨리스가 말했다. "걔는 아주 긴 곱슬머리인데 내 머리카락은 전혀 곱슬곱슬하지 않으니까. 메이블도 절대 아니야. 나는 뭐든 다 아는데 그 애는, 휴, 정말 아무것도 모르잖아! 게다가 걔는 걔야. 나는 나고. 또…, 맙소사! 너무 헷갈려! 내가 알던 걸 아직 다 기억하는지 좀 확인해 볼까. 어디 보자. 4 곱하기 5는 12, 4 곱하기 6은 13, 4 곱하기 7은…. 세상에! 이러다가는 절대 20까지 못 가겠네. 아무튼, 구구단은 별로 중요하지 않아. 지리 수업 때 배운 것으로 해 보자. 런던은 파리의 수도고, 파리는 로마의 수도고, 로마는…. 아냐, 전부 틀렸어. 확실해! 내가 메이블로 바뀌었나 봐! 〈꼬마 악어〉를 외워 봐야겠다."

앨리스는 배운 내용을 읊을 때처럼 두 손을 무릎 위에 포개고 시를 암송하려고 했지만, 목소리가 평소와 달리 거칠고 이상했다. 시구도 전에 알던 내용이 아니었다.

"어쩜 꼬마 악어는

반짝이는 꼬리를 갈고 닦아서

나일강의 물을

황금빛 비늘 곳곳에 뿌리는지!

어쩜 저렇게 활짝 웃는지,
어쩜 저렇게 발톱을 가지런하게 펴서,
작은 물고기를 맞이하는지,
다정하게 미소 짓는 주둥이 속으로!"

"분명히 다 틀렸을 거야." 앨리스가 말을 이으며 눈물을 글썽거렸다. "결국 내가 메이블이 되어 버렸나 봐. 이제 그 좁아터진 집에서 살아야겠지. 가지고 놀 장난감도 별로 없고. 아, 배워야 할 건 산더미일 거야! 그래, 결심했어. 내가 메이블이라면 여기 아래에 계속 있을 거야! 사람들이 고개를 들이밀고 '얘, 다시 올라오렴!'이라고 말해도 꼼짝 안 할 거야. 올려다보면서 대꾸해야지. '내가 누구죠? 그것부터 알려 주세요. 마음에 드는 사람이면 올라갈게요. 아니면 다른 사람이 될 때까지 여기 있을래요.'라고 말이야. 어머나, 이럴 수가!" 앨리스는 눈물이 왈칵 터졌다. "사람들이 정말로 고개를 내밀었으면 좋겠어! 여기서 혼자 있는 게 너무 싫어!"

앨리스는 말하면서 자신의 손을 내려다보았다.

놀랍게도 손에는 토끼의 작고 하얀 가죽 장갑 한 짝이 껴 있었다. '어떻게 된 일이지?' 앨리스가 생각했다. '내가 다시 작아지고 있나 봐.' 앨리스는 일어서서 탁자로 다가가 키를 재어 보았다. 어림잡아 보니 이제는 키가 60cm 정도였고, 그마저도 빠르게 줄어들고 있었다. 이내 앨리스는 키가 줄어드는 이유가 손에 쥐고 있던 부채 때문이라는 사실을 깨달았다. 그래서 몸이 완전히 쪼그라들어 사라지기 전에 손에서 재빨리 부채를 떨어뜨렸다.

"아슬아슬했어!" 앨리스는 갑작스러운 변화에 겁을 먹었지만, 완전히 사라지지 않았다는 사실에 뛸 듯이 기뻐했다. "이제 정원으로 가야지!" 앨리스는 온 힘을 다해 작은 문으로 달려갔다. 하지만 이를 어쩌나! 작은 문은 다시 닫혀 있었고, 자그마한 황금 열쇠는 예전처럼 유리 탁자 위에 놓여 있었다. '전보다 더 나빠졌잖아.' 앨리스가 생각했다. '이렇게 작았던 적은 한 번도 없었는데! 끔찍해, 정말이지 끔찍해!'

그 순간 발이 미끄러졌고, 곧이어 '첨벙!' 하더니 앨리스는 턱까지 소금기 어린 물에 잠겨버렸다. 처음에는 어찌 된 영문인지 바다에 빠졌다고 생각했다. '그러면 기차를 타고 집에 갈 수 있겠다.' 앨리스가 마음속으로 말했다. 앨리스는 바다에 딱 한 번 가 보았다. 그래서 잉글랜드 바닷가는 어디를 가든 이동식 탈의실이 여러 개 있고, 아이들이 나무

삽으로 모래를 파고, 줄지어 선 숙박 시설 너머에 기차역이 있다는 결론에 이르렀다. 하지만 바다가 아니라 자신의 키가 3m 가까이 늘어났을 때 흘린 눈물로 만들어진 '눈물 웅덩이'에 빠졌다는 사실을 곧 깨달았다.

"이렇게 많이 울지 말걸!" 앨리스는 헤엄치며 빠져나갈 길을 찾으려고 애썼다. "내 눈물에 빠져 죽는 벌을 받고 있나 봐! 그러면 너무 이상한 일인데! 그렇지만 오늘은 뭐든 다 이상한걸."

그때 조금 떨어진 곳에서 물이 첨벙첨벙 튀는 소리가 들렸다. 앨리스는 무슨 소리인지 알아보려고 더 가까이 헤엄쳐 갔다. 처음에는 바다코끼리나 하마인가 했지만, 지금 자기 몸집이 얼마나 작아졌는지 떠올리고는 자기처럼 미끄러져 물에 들어온 쥐라는 사실을 알아챘다.

'쥐에게 말을 걸어 봤자 무슨 소용이 있을까? 하지만 여기서는 뭐든지 너무 이상해서 쥐에게도 말을 걸 수 있을 것 같아. 어쨌든 말 걸어서 손해 볼 건 없지.' 그래서 앨리스는 쥐에게 말을 건넸다. "오, 쥐야, 이 웅덩이에서 어떻게 나가는지 아니? 여기서 헤엄치는 게 너무 힘들어. 오, 쥐야!" 앨리스는 쥐에게 이렇게 말을 걸어야 올바르다고 여겼다. 지금껏 한 번도 쥐에게 말을 건 적은 없지만, 오빠의 라틴어 문법책에서 '쥐가, 쥐의, 쥐에게, 쥐를, 쥐야'라는 내용을 본 기억이 났다.

쥐는 호기심 어린 눈빛으로 앨리스를 바라보았다. 작은 눈을 찡긋한 것 같았지만, 아무 대답도 하지 않았다.

'영어를 못하나 봐.' 앨리스가 생각했다. '그렇다면 정복왕 윌리엄과 함께 넘어온 프랑스 쥐일 거야.' 앨리스는 역사를 배웠지만, 무슨 사건이 얼마나 오래전에 일어났는지 제대로 알지는 못했다. 그래서 다시 말을 붙였다. "Ou est ma chatte? (내 고양이는 어디에 있나요?)" 이건 프랑스어 교과서에 나오는 첫 문장이었다. 그러자 쥐가 별안간 물에서 펄쩍 뛰어올랐다. 겁에 질려서 온몸을 벌벌 떠는 것 같았다.

"어머, 미안해!" 앨리스가 다급하게 소리쳤다. 가여운 동물이 마음 상했을까 봐 걱정스러웠다. "네가 고양이를 좋아하지 않는다는 걸 까맣게 잊고 있었어."

"고양이는 싫어!" 쥐가 날카로운 목소리로 버럭 고함쳤다. "네가 나라면 고양이를 좋아하겠니?"

"음, 나라도 싫었을 거야." 앨리스가 쥐를 달랬다. "너무 화내지 마. 그래도 너에게 우리 집 고양이 다이나를 보여 주고 싶어. 네가 다이나를 만나 본다면 너도 고양이를 좋아하게 될 거야. 정말 사랑스럽고 얌전하거든."

앨리스는 느긋하게 헤엄치며 반쯤 혼잣말로 이야기를 이어갔다.

"난롯가에 앉아서 아주 부드럽게 갸르릉거린단다. 앞발을 핥아서 세수도 하고 말이야. 품에 안으면 얼마나 보드라운지 몰라. 게다가 쥐 잡는 명수거든…. 어머 이런, 정말 미안해!" 앨리스가 다시 소리쳤다. 이번에는 쥐가 털을 온통 곤두세워서 정말로 잔뜩 화난 것 같았다.

"내키지 않는다면 우리 다시는 다이나 얘기를 하지 말자."

"우리라고!" 쥐가 꼬리 끝까지 부들부들 떨면서 고함을 질렀다. "내가 좋아해서 그런 얘기를 꺼낸 것처럼 말하는구나! 우리 가족은 늘 고양이를 싫어했어. 고양이는 심술궂고, 야비하고, 천박해! 다시는 그 이름조차 듣고 싶지 않아!"

"다시는 절대로 안 그럴게!" 앨리스는 허겁지겁 대화 주제를 바꾸었다. "그러면 혹시…, 혹시 개는 좋아하니?" 쥐가 아무 대꾸도 하지 않자, 앨리스는 신나서 재잘거렸다.

"우리 집 근처에 정말 작고 귀여운 개가 살거든. 너에게도 보여 주고 싶어! 눈이 반짝이는 테리어란다. 아, 곱슬곱슬하고 긴 갈색 털이 얼마나 예쁜지 몰라! 물건을 던지면 물고 오기도 해. 앞발을 들고 서서 밥 달라고 조르기도 하고. 재주가 진짜 많은데 절반도 기억이 안 나네. 아무튼 그 개를 키우는 농부 아저씨가 그랬는데 쓸모가 많아서 100파운드 값은 한다고 해! 쥐도 모조리 잡아서 죽이고…. 어머나!"

앨리스가 당황한 목소리로 외쳤다. "내가 또 너의 기분을 상하게 했어!" 이제 쥐는 앨리스에게서 멀어지려고 온 힘을 다해서 헤엄치며 요란스럽게 물을 튀겼다.

앨리스가 나긋하게 쥐를 불렀다. "쥐야! 돌아오렴. 네가 싫다면 다시는 고양이 얘기도, 개 얘기도 안 할게!" 그러자 쥐가 방향을 바꿔서 천천히 앨리스에게 헤엄쳐 돌아왔다. 쥐는 창백하게 질린 낯빛이었다. 앨리스는 화가 잔뜩 난 탓이라고 생각했다. 쥐는 낮은 목소리로 벌벌 떨면서 대꾸했다. "물가로 나가자. 나가서 내 이야기를 들려줄게. 그러면 내가 왜 고양이와 개를 싫어하는지 알게 될 거야."

마침 물 밖으로 나가야 할 때였다. 물에 빠진 새와 동물들로 웅덩이가 꽤 북적거렸다. 오리와 도도새, 로리 앵무새, 새끼 독수리가 한 마리씩 있었고 다른 별난 동물들도 많았다. 앨리스가 앞장서자 이들 모두 물가로 헤엄쳐 갔다.

03
코커스 경주와 기나긴 이야기

다들 물가에 모인 모양새가 참 볼만했다. 새들은 물에 젖은 깃털을 질질 끌었고, 동물들은 털이 몸에 찰싹 달라붙었다. 모두 흠뻑 젖은 채 물이 뚝뚝 떨어져서 언짢고 부루퉁했다.

젖은 몸을 다시 보송하게 말리는 방법이 당연히 첫 번째 문제였다. 이 문제를 놓고 다 함께 상의했는데, 얼마 안 가 앨리스는 동물과 편하게 이야기하는 스스로가 꽤 자연스럽게 느껴졌다. 꼭 평생 동물들과 알고 지낸 기분이었다. 사실, 앨리스는 로리 앵무새와 꽤 오랫동안 말다툼을 벌이기까지 했다. 결국 로리 앵무새는 샐쭉하게 토라져서 앨리스에게 쏘아붙였다. "내가 너보다 나이가 더 많아. 그래서 너보다 더 잘 안다고." 앨리스는 로리 앵무새의 나이를 몰라서 그 말을 인정하지 않았다. 하지만 로리 앵무새가 나이를 밝히지 않겠다고 딱 잘라 거절한 탓에 더는 할 말이 없었다.

마침내 무리 중에서 권위 있어 보이는 쥐가 외쳤다.

"다들 앉아서 내 말 좀 들어! 금방 몸을 바짝 말려 줄 테니까!" 그러자 모두 쥐를 가운데 두고 둥그렇게 둘러앉았다. 앨리스는 애타는 눈길로 쥐를 빤히 바라보았다. 당장 몸을 말리지 않으면 심한 감기에 걸릴 게 뻔했다.

"에헴!" 쥐가 거드름을 피우며 입을 뗐다. "다들 준비됐지? 내가 아는 가장 말라비틀어진 이야기를 할 거야. 전부 다 조용히 해! '교황의 지지를 등에 업은 정복자 윌리엄은 지도자가 필요했던 데다 근래의 왕위 찬탈과 정복에 익숙했던 잉글랜드인을 쉽게 굴복시켰다. 머시아와 노섬브리아의 백작 에드윈과 모르카르는….'"

"웩!" 로리 앵무새가 진저리를 쳤다.

"뭐라고!" 쥐가 찌푸리면서도 예의 바르게 물었다. "방금 뭐라고 했어?"

"아니!" 앵무새가 다급히 대꾸했다.

"뭐라고 말한 줄 알았는데." 쥐가 말했다. "어쨌든 계속할게. '머시아와 노섬브리아의 백작 에드윈과 모르카르는 윌리엄을 지지했다. 심지어 애국심 강한 캔터베리 대주교 스티건드마저 바람직한 처사라고 보고….'"

"뭘 봤다고?" 오리가 물었다.

"그것." 쥐가 못마땅한 듯 대답했다. "당연히 '그것'이 뭔지는 알겠지."

"내가 뭔가를 볼 때야 '그것'이 뭔지 알지." 오리가 말했다. "보통은 개구리나 벌레거든. 그러니까 대주교는 뭘 보았냐고."

쥐는 오리의 질문을 이해하지 못하고 서둘러 이야기를 이어 나갔다. "바람직한 처사라고 보고 에드거 왕세자와 함께 윌리엄을 만나서 왕위를 제안하기로 했다. 처음에는 윌리엄의 통치가 온건했다. 하지만 그가 거느린 노르만족의 오만불손함이….' 그나저나 얘, 이제는 몸이 좀 말랐니?" 쥐가 앨리스를 돌아보며 물었다.

"아직도 축축해." 앨리스가 시무룩하게 대답했다. "물이 전혀 안 마르는 것 같아."

"그렇다면," 도도새가 자리에서 일어나 근엄하게 말했다. "잠시 휴회하고 더 효과적인 대책을 조속히 강구할 것을 제청합니다."

"알아듣게 말해!" 새끼 독수리가 따졌다. "그렇게 어려운 말은 반도 못 알아듣겠어. 게다가 너도 잘 모르는 것 같다고!" 새끼 독수리는 웃음을 감추려고 고개를 숙였다. 다른 새 몇몇은 다 들리게 킥킥거렸다.

"그러니까 내가 하고 싶은 말은." 도도새가 기분 나쁜 듯 대꾸했다. "몸을 말리려면 코커스 경주가 제일이라는 거야."

"코커스 경주가 뭔데?" 앨리스가 물었다.

그다지 궁금하지는 않았지만, 도도새가 누구라도 반응해야 한다는 듯 잠깐 뜸을 들였는데 아무도 입을 열 마음이 없는 것 같아 앨리스가 대신 나섰을 뿐이었다.

"글쎄," 도도새가 대답했다. "직접 하는 걸 보면 잘 알 거야."

먼저 도도새는 원을 그려서 경주 코스를 만들었다. "정확한 원이 아니어도 괜찮아."라고 도도새는 말했다. 그러자 모두가 경주 코스 여기저기에 자리를 잡고 섰다. '하나, 둘, 셋, 출발!' 같은 신호도 없이 저마다 내키는 대로 출발했다가 내키는 대로 멈추어서 경주가 언제 끝났는지 알기가 어려웠다. 30분 정도 달려서 몸이 그럭저럭 마르자 도도새가 돌연 "경주 끝!"이라고 외쳤다. 모두가 도도새를 둘러싸고 숨을 헐떡이면서 물었다.

"누가 이긴 거야?"

한참 고민해야 대답할 수 있는 질문이어서 도도새는 한 손가락으로 이마를 짚은 채 한동안 앉아 있었고(이건 셰익스피어 초상화에서 곧잘 보는 자세였다), 나머지는 말없이 기다렸다. 마침내 도도새가 입을 열었다. "모두 이겼어. 그러니까 모두가 상을 받아야 해."

"그러면 상은 누가 주는데?" 다들 입을 모아 물었다.

"그야, 당연히 저 애지."

도도새가 앨리스를 가리키자 온 동물이 한꺼번에 앨리스 주변으로 모여서 야단법석을 떨며 소리쳤다.

"상 줘! 상 줘!"

앨리스는 어쩔 줄 몰라 막막한 마음으로 주머니에 손을 넣었다가 호두 사탕 한 봉지를 꺼냈다(다행히도 호두 사탕 봉지에 짠물이 스며들지 않았다). 모두에게 상으로 이 호두 사탕을 나눠 주었다. 다들 하나씩 사탕을 받으니 딱 맞았다.

"저 애도 상을 받아야 하잖아." 쥐가 말했다.

"물론이지." 도도새가 엄숙하게 대꾸했다. "주머니에 또 뭐가 있니?" 앨리스를 돌아보며 물었다.

"골무 하나밖에 없어." 앨리스가 풀이 죽어서 말했다.

"이리 줘." 도도새가 말했다.

모두 다시 모여들어서 앨리스를 에워쌌고, 도도새는 근엄하게 골무를 건넸다. "이 고상한 골무를 받아 주기를 청합니다." 도도새의 짤막한 연설이 끝나자 다들 환호했다.

앨리스는 우스꽝스럽다고 생각했지만, 다들 몹시 진지해 보여서 차마 웃을 수 없었다. 게다가 딱히 할 말도 떠오르지 않아서 그냥 고개 숙여 인사하고는 최대한 엄숙한 표정으로 골무를 받았다.

이제 호두 사탕을 먹을 차례였다. 호두 사탕 때문에 한바탕 야단법석이 났는데, 큰 새는 호두 맛이 느껴지지 않는다고 불평했고 작은 새는 목에 호두 사탕이 걸려서 등을 두드려 줘야 했다. 마침내 이 소동도 끝나자, 다시 다 함께 둘러앉아서 쥐에게 이야기를 더 들려달라고 졸랐다.

"네 이야기를 들려주겠다고 약속했잖아." 앨리스가 말했다. "네가 왜… 옹이랑 멍이를 싫어하는지 말이야." 앨리스는 또 쥐가 겁을 먹을까 봐 기어들어 가는 작은 목소리로 덧붙였다.

"이건 꼬리에 꼬리를 무는 길고 슬픈 이야기야!" 쥐가 앨리스를 보며 말하더니 한숨을 내쉬었다. "꼬리야 물론 길지." 앨리스는 쥐꼬리를 내려다보며 궁금한 듯 되물었다. "그런데 그게 왜 슬프다고 하는 거야?" 앨리스는 쥐가 길게 이야기하는 내내 골똘히 생각하느라, 앨리스의 머릿속에서는 쥐의 사연이 이런 식으로 펼쳐졌다.

"퓨리가 집 안에서

쥐를 만나 말했어.

'법정으로 가자.

널 고소할 거야.

자, 거부해도

소용없어.
반드시 재판을
받아야 해.
오늘 아침엔
할 게 하나도
없거든.'
그러자 쥐가
똥개에게 말했지.
'선생님,
배심원도 없고
판사도 없는
그런 재판은
쓸데없는
시간 낭비
입니다.'
'그러면 내가
판사도 하고
배심원도

할 거야.'
교활한
늙은 개
퓨리가
말했어.
'재판을
전부
맡아서
네게
사형을
내릴
테다.'"

"내 얘기를 안 듣고 있잖아!" 쥐가 매섭게 소리쳤다. "대체 무슨 생각을 하는 거야?"

"미안해." 앨리스가 예의 바르게 사과했다. "꼬리가 다섯 번 꺾였다는 데까지 말했지?"

"다 틀렸거든!" 쥐가 벌컥 화를 내며 날카롭게 말했다.

"틀어진 거구나!" 언제나 남을 도우려는 앨리스는 걱정스럽게 두리번거리며 말했다. "이런, 내가 곧게 펴 줄게!"

"그런 짓은 안 할 거야!" 쥐는 벌떡 일어서더니 자리를 떴다. "넌 말도 안 되는 소리만 해서 날 모욕해!"

"그럴 생각은 아니었어!" 앨리스가 애원했다. "그런데 있잖아, 너는 걸핏하면 화를 내!"

쥐는 말 없이 으르렁대기만 했다.

"그만 돌아와서 이야기를 마저 들려주렴!" 앨리스가 쥐를 불렀고, 나머지 동물들도 입을 모아 외쳤다. "맞아, 부탁이야!" 하지만 쥐는 짜증스럽다는 듯 고개를 흔들 뿐이었고 더 빠르게 발걸음을 옮겨버렸다.

"그냥 가 버리다니 아쉽네!" 쥐가 사라지자마자 로리 앵무새가 한숨을 뱉었다. 그러자 나이 든 게가 이 기회를 빌려 딸에게 훈계했다. "얘야, 잘 봤지? 절대 심통을 부리면 안 된단다!" "그만 하세요, 엄마!" 어린 게가 퉁명스럽게 받아쳤다. "엄마 잔소리를 들으면 굴이라도 인내심이 바닥나겠어요."

"다이나가 여기 있었다면 얼마나 좋을까!" 딱히 누가 들으라고 하는 말은 아니었지만, 앨리스는 큰소리로 외쳤다. "그러면 냉큼 쥐를 데리고 왔을 텐데!"

"다이나가 누군데? 물어봐도 괜찮지?" 로리 앵무새가 물었다.

다이나 얘기라면 언제든 말하고 싶었던 앨리스는 신이 나서 떠들었다. "다이나는 우리 집 고양이야. 쥐 잡는 일이라면 누구에게도 뒤지지 않아. 아마 넌 상상도 못 할걸! 아, 다이나가 새를 쫓는 모습도 네가 봐야 하는데! 작은 새는 보자마자 날쌔게 잡아채거든!"

이 말에 동물들 사이에서 한바탕 소란이 일었다. 일부 새는 단박에 떠나버렸다. 늙은 까치는 날개로 조심스럽게 몸을 감싸더니 "정말로 집에 가야겠어. 밤공기가 목에 안 좋거든!"이라고 말했다. 카나리아는 오들오들 떨리는 목소리로 새끼들을 불러 모았다. "얘들아, 어서 오렴! 이제 자러 가야지!" 다들 모조리 갖가지 핑계를 대며 자리를 벗어났고, 이내 앨리스만 혼자 남았다.

"다이나 얘기를 하는 게 아니었어!" 앨리스가 애처롭게 중얼거렸다. "여기서는 아무도 다이나를 좋아하지 않나 봐. 다이나는 이 세상 최고의 고양이인데! 아, 귀여운 다이나! 널 다시 볼 수 있을까!" 너무나 외롭고 서글퍼진 앨리스는 다시 울기 시작했다.

그런데 잠시 후, 멀리서 도닥도닥 발소리가 작게 들려왔다. 앨리스는 쥐가 마음을 바꿔서 이야기를 마저 끝내러 오는 게 아닐지 은근히 기대하며 고개를 쭉 빼고 바라보았다.

04
토끼, 작은 도마뱀 빌을 들여보내다

발소리의 주인공은 뭔가를 잃어버린 듯 걱정스러운 얼굴로 주위를 두리번거리면서 천천히 걸어오는 흰 토끼였다. 토끼가 투덜대는 소리도 들렸다. "공작 부인! 공작 부인! 아, 가여운 내 발! 내 털과 수염도! 부인이 날 처형할 거야! 흰 담비가 흰 담비인 것만큼이나 뻔한 일이야! 대체 어디에 떨어뜨렸담!"

앨리스는 토끼가 부채와 새끼 염소 가죽으로 만든 흰 장갑을 찾고 있다는 사실을 단박에 눈치챘다. 그래서 고운 마음씨로 토끼의 부채와 장갑을 찾아보기 시작했지만, 어디에서도 보이지 않았다. 눈물 웅덩이에서 헤엄치고 있던 사이에 주변이 온통 바뀌어 버린 것 같았다. 기다란 복도와 세 발 탁자, 작은 문도 감쪽같이 자취를 감추었다.

이내 토끼가 부채와 장갑을 찾아 헤매던 앨리스를 보더니 화난 목소리로 불렀다. "메리 앤, 여기서 뭘 하는 거야! 당장 집에 달려가서 장갑이랑 부채를 가지고 와! 서둘러, 어서!"

앨리스는 잔뜩 겁에 질린 나머지 사람을 잘못 봤다고 말하지도 못한 채 토끼가 가리킨 방향으로 달려갔다.

"날 자기 집 하녀로 착각했나 봐." 앨리스가 뛰어가며 혼잣말했다. "내가 누구인지 알면 얼마나 놀랄까! 어쨌든 토끼에게 부채와 장갑을 가져다주는 게 좋겠어. 찾을 수만 있다면 말이야." 이렇게 말하던 와중에 우연히 앨리스는 단정하고 아담한 집을 발견했다. 반짝거리는 놋쇠 문패에 '흰 토끼'라는 글씨가 새겨져 있었다. 앨리스는 이 집에서 진짜 메리 앤과 마주치면 부채와 장갑을 찾기도 전에 쫓겨날까 봐 겁이 났다. 그래서 문을 두드리지도 않고 곧장 안으로 들어가 다급히 위층으로 올라갔다.

"도대체 이게 무슨 일이야." 앨리스가 중얼거렸다. "내가 토끼의 시중을 들다니! 다음에는 다이나가 심부름을 시키겠어!" 앨리스는 정말로 그렇게 되면 어떨지 머릿속으로 그려 보았다. "'앨리스 아가씨! 얼른 이리 오세요. 산책하러 갈 준비를 해야죠!' '곧 갈게요, 유모! 하지만 다이나가 돌아올 때까지 여기 쥐구멍에서 쥐가 나오지는 않나 지켜봐야 해요.' 다이나가 사람들을 이렇게 부려 먹으면 집에서 쫓겨나고 말 거야!"

앨리스는 작고 깔끔한 방으로 들어섰다. 창가에 놓인 탁자에는 부채 하나와 새끼 염소 가죽으로 만든 작은 흰 장갑 두세 켤레가 있었다.

앨리스가 부채와 장갑 한 켤레를 집어 들고 방을 나서려는데, 거울 옆에 있는 작은 병에 눈길이 갔다. 이번에는 '**날 마셔요**'라고 적힌 라벨이 없었지만, 어쨌든 앨리스는 마개를 열고 병을 입에 가져갔다.

"이걸 마시면 틀림없이 재미있는 일이 일어날 거야." 앨리스가 혼잣말했다. "여기서는 뭐든 먹거나 마시면 늘 그랬으니까. 이번에는 어떻게 되나 봐야지. 다시 몸이 커지면 진짜 좋겠다. 이렇게 작은 몸으로 있는 건 지긋지긋해!"

정말로, 앨리스의 몸이 커졌다. 심지어 앨리스의 기대보다 훨씬 더 빨리 몸의 변화가 찾아왔다. 절반도 마시기 전에 머리가 천장에 짓눌려서 앨리스는 목이 부러지지 않도록 몸을 구부정하게 숙여야 했다. 앨리스는 재빨리 병을 내려놓았다. "이만하면 됐어. 더는 커지지 않으면 좋겠네. 지금은 문밖으로 나갈 수도 없잖아. 너무 많이 마시지 말걸!"

이를 어쩌나! 후회하기에는 너무 늦어 버렸다. 앨리스는 몸이 계속 자라고 자라서 이내 바닥에 무릎을 꿇어야 했다. 곧 무릎을 꿇고 앉을 자리마저 비좁아진 탓에 한쪽 팔꿈치는 문에 대고 다른 팔로는 머리를 감싼 채 드러누웠다. 그래도 몸이 자꾸만 자라자, 앨리스는 최후의 수단으로 한쪽 팔을 창밖으로 내밀고 한쪽 발을 굴뚝으로 뻗었다. "이제 무슨 일이 벌어지든 어쩔 수 없어. 난 어떻게 되는 걸까?"

다행히도 작은 병 속의 마법 약이 효력을 다했는지 몸이 더는 커지지 않았다. 하지만 커진 몸이 너무나 불편했고 다시는 방에서 나갈 수 없을 것 같아서 앨리스는 시무룩해졌다.

'원래 집에 있을 때가 훨씬 좋았어.' 앨리스가 생각했다. '거기서는 몸이 커졌다가 작아지지도 않고, 쥐랑 토끼가 나에게 이래라저래라 일을 시키지도 않잖아. 토끼 굴로 들어오지 말 걸 그랬어. 그렇지만…. 그렇지만…. 이렇게 지내는 것도 신기하잖아! 이제 또 무슨 일이 생길지 정말 궁금해! 동화를 읽을 때는 그런 일이 절대 일어나지 않는다고 생각했는데, 지금은 내가 동화 속에 들어와 있어! 내가 주인공인 동화도 있어야 해, 꼭 있어야 해! 내가 자라면 한 권 써야겠어! 하지만…, 난 이미 다 자랐는걸.' 앨리스가 애처롭게 덧붙였다. '적어도 여기에는 더 자랄 공간도 없어.'

"그렇기는 해도 지금보다 더 나이를 먹지는 않겠지? 그러면 안심이 되네. 할머니가 되는 건 싫어…. 하지만…, 할머니가 안 되면 언제까지나 수업을 들어야 하잖아! 아, 그건 싫은데!"

"앨리스, 이 바보야!" 앨리스가 자기 자신을 꾸짖었다. "여기서 어떻게 수업을 듣겠어? 너 앉을 자리도 없는데, 교과서는 어디에 둘 거야!"

앨리스는 한쪽을 맡았다가 다시 다른 쪽을 맡았다가 하면서 혼자

대화를 이어갔다. 그런데 얼마 후 밖에서 목소리가 들리자 입을 다물고 귀를 기울였다.

"메리 앤! 메리 앤!" 목소리가 들렸다. "당장 장갑 가져와!" 곧이어 계단을 오르는 작은 발걸음 소리가 들렸는데, 앨리스는 자기를 찾으러 오는 토끼라는 걸 알고 집 전체가 흔들릴 정도로 몸을 벌벌 떨었다. 지금은 몸집이 토끼보다 천 배쯤 더 커져서 겁낼 이유가 전혀 없다는 사실조차 깜빡 잊었다.

이제 토끼가 문 앞으로 다가와서 문을 열려고 했다. 하지만 안쪽으로 열리는 방문은 앨리스가 팔꿈치로 꽉 누르고 있어서 열리지 않았다. 앨리스는 토끼가 "그렇다면 빙 돌아서 창문으로 들어가야겠군." 하며 혼잣말하는 소리를 들었다.

'그렇게는 안 될걸!' 앨리스는 창문 바로 아래에서 토끼의 소리가 들릴 때까지 기다렸다가 불쑥 손을 내밀어 허공에서 휘휘 저었다. 손에 아무것도 잡히지 않았지만, 작은 비명과 함께 무언가 넘어지는 소리, 유리가 와장창 깨지는 소리가 들렸다. 앨리스는 토끼가 오이를 키우는 온실 같은 곳에 떨어졌으리라고 짐작했다.

곧이어 잔뜩 화가 난 토끼 목소리가 들렸다. "팻! 팻! 어디 있어?" 그러자 처음 듣는 목소리가 대답했다.

"여기 있습니다! 사과를 캐고 있습니다, 나리."

"사과를 캔다니!" 토끼가 화내며 말했다. "이리로 와! 와서 날 좀 꺼내 줘!" (유리 깨지는 소리가 또 났다.)

"자, 말해 봐, 팻. 창문에 있는 저게 뭐야?"

"팔입니다, 나리." (팻은 '파아알'이라고 발음했다.)

"팔이라니, 이 얼간이 같은 녀석아! 저렇게 큰 팔이 어디 있어? 창문에 꽉 찼잖아!"

"맞습니다. 그렇고 말고요, 나리. 하지만 팔은 팔이지요."

"어쨌거나 저게 창문에 있을 이유가 없지. 어서 가서 치워!"

그 뒤로 긴 침묵이 이어졌고, 앨리스는 이따금 이렇게 속삭이는 소리만 들었다. "아이고, 싫습니다, 나리. 절대, 절대로요!" "시키는 대로 해, 이 겁쟁이야!"

결국 앨리스는 다시 손을 쭉 뻗어 한 번 더 허공에서 휘둘렀다. 이번에는 두 목소리가 작게 비명을 질렀고, 유리 깨지는 소리가 더 많이 났다. '오이 온실이 얼마나 많은 거야!' 앨리스가 생각했다. '이제 저들이 뭘 할까? 날 창밖으로 끌어내 주면 얼마나 좋을까! 더는 여기에 있고 싶지 않아!'

앨리스는 아무런 소리도 듣지 못한 채 얼마간 기다렸다.

마침내 작은 수레가 달가닥거리는 소리와 여럿이 한꺼번에 말하는 소리가 들렸다. 앨리스는 그중 몇 마디를 알아들었다.

"다른 사다리는 어디 있어?" "이런, 하나밖에 안 가져왔는데. 다른 사다리는 빌한테 있어." "빌! 그거 이리로 가져와!" "여기, 이 모퉁이에 세워." "아니, 먼저 이걸 묶어야지." "높이가 반도 안 닿는데." "아! 저 정도면 충분해. 까다롭게 굴지 마." "여기야, 빌! 밧줄 꽉 잡아." "지붕이 버티려나?" "저기 슬레이트가 헐거우니까 조심해." "아이고, 떨어진다! 고개 숙여!" (요란하게 박살 나는 소리가 들렸다.) "뭐야, 누가 저런 거야?" "빌인 것 같은데." "누가 굴뚝으로 내려갈 거야?" "난 아냐! 네가 해!" "나도 싫다고!" "그럼 빌이 가야지." "자, 빌! 토끼 나리께서 너더러 굴뚝으로 내려가라고 하셔!"

"어머! 빌이 굴뚝을 타고 내려온다는 거구나?" 앨리스가 혼잣말했다. "빌에게 죄다 떠넘기는 것 같은데! 나라면 어떻게 구슬리든 절대 안 떠맡을 거야. 이 벽난로가 좁기는 해도 발로 살짝 걷어찰 수는 있겠다!"

앨리스는 발을 최대한 굴뚝 아래로 내리고 기다렸다. 작은 동물이 (어떤 동물일지는 짐작할 수 없었다) 바로 위에서 굴뚝을 긁으며 기어 오는 소리가 들리자, 앨리스는 "이게 빌이네."라고 중얼거린 후 발로 세게 한 방 걷어찼다. 그러고는 어떻게 되는지 보려고 기다렸다.

처음 들은 소리는 이구동성으로 외치는 말이었다. "저기 빌이 간다!" 그다음으로 토끼 목소리가 뒤따랐다. "거기, 울타리 옆에 너, 빌을 잡아!" 그리고 침묵이 흐르더니 여러 목소리가 뒤섞여서 들렸다. "머리를 받쳐 줘." "브랜디 가져오고." "목 안 막히게 조심하고." "이봐, 어땠어? 무슨 일을 당한 거야? 다 말해 봐!"

마침내 가냘프게 끽끽거리는 소리가 들려왔다. ('빌이구나.' 앨리스가 생각했다.) "글쎄, 잘 모르겠어…. 이제 됐어, 고마워. 괜찮아졌어…. 그런데 정신이 없어서 말이 안 나와…. 기억나는 거라곤 장난감 상자 속 용수철 인형처럼 뭔가가 나에게 확 달려들었는데, 그 순간 내가 폭죽처럼 하늘로 치솟고 있었다는 거야!"

"정말로 날아올랐어!" 다른 동물들이 대답했다.

"집을 불살라야겠군!" 토끼가 말했다. 그러자 앨리스는 목청껏 외쳤다. "그랬다가는 다이나를 풀어 놓을 거야!"

그러자마자 즉각 쥐 죽은 듯이 조용해졌다. 앨리스가 속으로 생각했다. '저들이 이제 어떻게 나올까! 생각이란 게 있다면 지붕을 들어낼 텐데.' 잠시 후, 동물들이 다시 움직였고, 앨리스는 토끼가 하는 말을 들었다. "우선은 손수레 한 대면 될 거야."

'뭐가 손수레 한 대라는 거지?' 앨리스가 의아해했지만, 그 궁금증은

오래가지 않았다. 곧바로 작은 조약돌이 창문 안으로 빗발쳤고, 일부 조약돌은 앨리스의 얼굴을 콩콩 때렸다. "못 하게 막아야겠어." 앨리스가 혼잣말하고는 크게 소리쳤다. "그만두는 게 좋을걸!" 그러자 또 쥐 죽은 듯 침묵이 내려앉았다.

놀랍게도 조약돌은 바닥에 떨어지자마자 조그마한 케이크로 바뀌었다. 그걸 본 앨리스는 기발한 생각이 떠올랐다. '저 케이크를 먹으면 틀림없이 내 몸집이 변할 거야. 지금보다 더 커질 수는 없으니까 분명히 더 작아지겠지.'

앨리스는 케이크 하나를 꿀떡 삼켰고, 기쁘게도 곧바로 몸이 줄어들기 시작했다. 문을 통과할 만큼 몸집이 작아지자마자 앨리스는 집 밖으로 곧장 달려나갔고, 우르르 모여 있는 작은 동물들과 새들을 보았다. 그중 불쌍한 작은 도마뱀 빌이 한가운데서 기니피그 두 마리의 부축에 기대어 선 채로 병에서 뭔가를 받아 마시고 있었다. 앨리스가 나타나자 모두 앨리스에게 달려들었지만, 온 힘을 다해 도망쳤고 이내 우거진 숲속에 아무 탈 없이 몸을 숨겼다.

"가장 먼저 할 일은." 앨리스가 숲을 돌아다니며 중얼거렸다. "다시 원래 키로 돌아가는 거야. 그리고 나서 그 아름다운 정원으로 들어가는 길을 찾는 거지. 이게 제일 좋은 계획이야."

이건 의심할 여지 없이 훌륭한 계획으로, 아주 간결하고 단순하게 정리되었다. 하지만 문제가 딱 하나 있었으니, 그건 바로 어떻게 이 계획을 실제로 옮겨야 할지 전혀 감이 잡히지 않는다는 것이었다. 앨리스가 걱정스럽게 나무 사이를 살펴보고 있는데, 머리 바로 위에서 무언가 날카롭게 짖는 소리가 들려 허겁지겁 위를 올려다보았다.

엄청나게 커다란 강아지 한 마리가 크고 둥그런 눈으로 앨리스를 내려다보면서 앞발을 머뭇머뭇 내밀어 앨리스를 건드리려고 했다.

"어머, 착하지!" 앨리스는 강아지를 어르며 휘파람도 불어 보려고 애썼다. 하지만 강아지가 굶주렸을지도 모르고, 그렇다면 아무리 달래도 자기를 잡아먹을 것 같다는 생각에 잔뜩 겁에 질렸다.

앨리스는 엉겁결에 작은 나뭇가지 하나를 집어 들고 강아지에게 내밀었다. 그러자 강아지는 기뻐서 캉캉거리며 공중으로 폴짝 뛰어오르더니 나뭇가지에 달려들어서 물고 흔들려고 했다. 앨리스는 강아지에 들이받힐까 봐 두려워서 큼직한 엉겅퀴 뒤로 재빨리 몸을 숨겼다. 앨리스가 반대편에서 나타나자, 강아지는 다시 나뭇가지로 덤벼들었고 서둘러 나뭇가지를 물려고 하다가 뒹굴고 말았다. 꼭 짐 마차를 끄는 말과 노는 것 같았던 앨리스는 강아지 발에 짓밟힐 것 같으면 언제라도 재빨리 엉겅퀴로 돌아가 숨었다.

강아지는 거듭 나뭇가지를 향해 돌진했는데, 앞으로 잠깐 달려 나왔다가 뒤로 멀리 물러서면서 목이 쉬도록 멍멍 짖었다. 그러다가 마침내 멀찍이 떨어진 곳에 앉아서 커다란 눈을 반쯤 감은 채 혀를 내밀고 숨을 헐떡였다.

앨리스는 지금이 달아날 절호의 기회라고 생각했다. 그래서 단박에 내달렸고, 지쳐서 숨이 찰 때까지, 저 멀리서 들려오는 강아지 짖는 소리가 희미해질 때까지 멈추지 않았다.

"그래도 정말 귀여웠어!" 앨리스는 미나리아재비에 기대어 쉬면서 잎사귀로 부채질했다.

"강아지에게 재주를 가르쳐 줬으면 참 좋았을 텐데. 내 몸이…, 몸이 적당히 크기만 했어도! 맙소사! 다시 커져야 한다는 걸 새까맣게 잊을 뻔했네! 어디 보자. 어떻게 해야 할까? 뭔가를 먹거나 마셔야 할 텐데. 하지만 중요한 문제가 있어. 대체 그게 '무엇'일까?"

중요한 문제는 대체 그것이 '무엇'인가였다. 앨리스는 주변의 꽃과 풀잎을 둘러보았지만, 이 상황에서 먹거나 마실 만한 것은 보이지 않았다. 근처에 앨리스 키만큼 높이 자란 버섯이 있었다. 앨리스는 버섯 아래와 양옆, 뒤를 살펴보고는 버섯 꼭대기에 뭐가 있는지 봐야겠다고 생각했다.

까치발을 하고 서서 몸을 쭉 뻗어 버섯 가장자리 너머를 슬쩍 보는데, 큼지막하고 푸른 애벌레와 곧바로 눈이 딱 마주쳤다. 애벌레는 버섯 꼭대기에 앉아서 팔짱을 끼고 앨리스든 누구든 요만큼도 신경 쓰지 않은 채 조용히 기다란 물담배를 피우고 있었다.

05
애벌레의 조언

애벌레와 앨리스는 한동안 말없이 서로를 바라보았다. 마침내 애벌레가 입에서 담뱃대를 빼더니 나른하고 졸린 목소리로 말을 걸었다.

"너는 누구냐?" 애벌레가 물었다.

대화를 시작하기에 썩 유쾌한 말은 아니었다. 앨리스는 조금 머뭇거리며 대답했다. "저도…, 저도 지금은 잘 모르겠어요…. 오늘 아침에 일어났을 때만 해도 제가 누구인지 알았는데, 그 뒤로 여러 번 제가 바뀐 것 같아요."

"그게 무슨 소리인 게야?" 애벌레가 엄하게 꾸짖었다. "똑바로 설명해 보거라!"

"저도 제가 누구인지 잘 모르겠어요." 앨리스가 말했다. "저기 있잖아요, 전 제가 아니거든요."

"당최 무슨 말인지." 애벌레가 대꾸했다.

"죄송하지만, 더 자세히 설명하기 어려워요."

앨리스가 공손하게 대답했다. "저도 잘 몰라서요. 온종일 몸집이 작아졌다 커졌다 하는 바람에 너무 헷갈려요."

"헷갈릴 것 없다." 애벌레가 말했다.

"글쎄요, 아직 안 겪어 보셔서 그럴 거예요. 하지만 나중에 어르신이 번데기로 변할 때가 오잖아요. 언젠가 그렇게 될 테니까요. 그랬다가 또 다시 나비가 되고요. 그러면 기분이 좀 이상할 거예요. 안 그래요?"

"전혀."

"어르신 기분은 다를지도 모르죠. 어쨌거나 저라면 정말 이상하게 느낄 거예요."

"너!" 애벌레가 앨리스를 업신여기듯 말했다. "넌 대체 누구냐?"

이렇게 대화가 원점으로 돌아왔다. 앨리스는 애벌레가 툭툭 던지는 짧은 대꾸에 조금 짜증이 치밀어서 몸을 꼿꼿하게 세우고 무게를 잡으며 말했다. "어르신이 누구인지 먼저 말해 주셔야 할 것 같은데요."

"왜지?" 애벌레가 물었다.

헷갈리는 질문이 또 나왔다. 앨리스는 그럴듯한 이유가 떠오르지 않는 데다 애벌레가 상당히 언짢은 기분으로 보여서 발길을 돌렸다.

"돌아오너라!" 애벌레가 앨리스를 불렀다. "중요한 할 말이 있다."

이 말에 솔깃해진 앨리스는 뒤돌아서서 애벌레에게 갔다.

"화를 다스려야지." 애벌레가 말했다.

"그게 다예요?" 앨리스는 부글부글 끓어오르는 화를 최대한 참으며 물었다.

"아니."

앨리스는 기다려 보기로 마음먹었다. 어차피 달리 할 일도 없고, 애벌레가 값진 조언을 들려줄지도 몰랐다. 애벌레는 아무런 말도 없이 한동안 담배만 뻐끔거리더니 드디어 팔짱을 풀고 담뱃대를 떼고 입을 열었다. "그러니까 네가 변했다고 생각하는 게야?"

"그런 것 같아요." 앨리스가 대답했다. "원래 알던 것도 기억이 안 나고요…. 10분마다 몸 크기가 달라져요!"

"뭐가 기억이 안 난다는 게냐?"

"글쎄, 〈꼬마 꿀벌〉을 외워 보려고 했는데 다른 말만 튀어나오지 뭐예요!" 앨리스가 잔뜩 풀 죽은 목소리로 대답했다.

"그럼 〈아버지 윌리엄〉을 외워 보거라." 애벌레가 말했다.

앨리스는 두 손을 모으고 시를 읊기 시작했다.

"아버지, 이제 늙으셨어요." 젊은 아들이 말했다네.

"머리칼이 하얗게 셌죠.

그런데도 쉼 없이 물구나무를 서시네요.

그 연세에 어울리는 행동인가요?"

"왕년에는 말이다." 아버지 윌리엄이 아들에게 대답했다네.

"그러다가 머리를 다칠까 두려웠단다.

하지만 지금은 머리에 든 게 하나도 없으니

물구나무를 서고 또 서는 거지."

"아버지, 이제 늙으셨어요." 젊은 아들이 말했다네.

"전에도 말씀드렸지만 살이 뒤룩뒤룩 찌셨죠.

그런데도 뒤로 공중제비를 돌아서 문턱을 넘으시네요.

도대체 왜 그러시는 건가요?"

"왕년에는 말이다," 현명한 아버지가 백발을 흔들며 대답했다네.

"팔다리가 낭창낭창 유연했단다.

비결은 이 연고란다. 한 통에 1실링이야.

너도 한두 통 써 보지 않을 테냐?"

"아버지, 이제 늙으셨어요." 젊은 아들이 말했다네.

"턱이 너무 약해져서 비계보다 질긴 음식은 씹지도 못하시죠.

그런데도 거위를 뼈와 부리까지 죄다 드셨네요.
대체 어떻게 그러신 거죠?"
"왕년에는 말이다." 아버지가 대답했다네.
"법정에 드나들며 네 엄마와 사사건건 언쟁을 벌였단다.
그때 턱 근육을 억세게 단련해서
지금까지 버티고 있는 거지."

"아버지, 이제 늙으셨어요." 젊은 아들이 말했다네.
"누가 봐도 시력이 예전만 못하시죠.
그런데도 코끝에 뱀장어를 세워 놓고 균형을 잡으시네요.
어떻게 재주가 그리 좋으시죠?"
"세 가지나 대답했으니 할 만큼 했다." 아버지가 대답했다네.
"거들먹거리지 말거라!
내가 온종일 그런 소리나 듣고 있을 줄 아느냐?
썩 꺼지지 않았다가는 계단에서 걷어차 주마!"

"틀렸다." 애벌레가 말했다.
"전부 정확하지는 않죠." 앨리스가 주눅 들어서 대답했다.

"단어가 몇 군데 바뀌었어요."

"처음부터 끝까지 다 틀렸어." 애벌레가 단호하게 말했다. 그러자 얼마간 침묵이 흘렀다.

먼저 입을 연 쪽은 애벌레였다.

"키가 얼마쯤이기를 바라는 게냐?"

"아, 키에 특별히 미련이 있는 건 아니에요." 앨리스가 서둘러 대답했다. "다만 키가 너무 자주 바뀌는 게 싫어요."

"그럴 것 없다." 애벌레가 대꾸했다.

앨리스는 아무 말도 하지 않았다. 이렇게 사사건건 반박당하는 일을 겪어 본 적이 없었고, 슬슬 화가 치솟았다.

"지금 키에 만족하느냐?" 애벌레가 다시 물었다.

"음, 실은 조금 더 커졌으면 좋겠어요. 키가 고작 8cm라니, 정말이지 끔찍하잖아요."

"딱 알맞은 키거늘!" 애벌레가 발칵 화를 내며 몸을 꼿꼿이 일으켰다 (애벌레의 키가 정확히 8cm였다).

"하지만 저는 이 키에 익숙하지 않다고요!" 앨리스가 애처롭게 말하면서 속으로 생각했다. '동물들이 이렇게 툭하면 성내지 않았으면 좋겠어!'

"시간이 지나면 익숙해질 거다." 애벌레가 대답하고는 다시 담뱃대를 물었다.

이번에 앨리스는 애벌레가 다시 입을 뗄 때까지 참을성 있게 기다렸다. 1~2분쯤 지나자 애벌레는 담뱃대를 입에서 떼고 한두 번 하품하더니 몸을 떨었다. 그러고는 버섯에서 내려와 아래 풀밭으로 기어가면서 들릴 듯 말 듯 중얼거렸다. "한쪽은 널 크게 만들고, 다른 쪽은 널 작게 만들 거다."

'한쪽은 뭐고, 다른 쪽은 뭐야?' 앨리스가 속으로 물었다.

"버섯 말이다." 앨리스의 속마음을 듣기라도 한 듯 애벌레가 불쑥 대꾸하더니 어느새 사라졌다.

앨리스는 잠시 버섯을 쳐다보며 어디가 한쪽이고 어디가 다른 쪽인지 알아내려고 고민했다. 버섯이 완벽하게 둥근 모양이라서 알아내기 몹시 까다로웠다. 결국 앨리스는 팔을 한껏 뻗어서 버섯을 감싸고 양손으로 가장자리를 조금 뜯어냈다.

"어느 쪽이지? 어느 쪽일까?" 앨리스는 효험을 알아보려고 오른손에 든 버섯 조각을 조금 베어 물었다. 그러자마자 턱밑을 강하게 얻어맞았다. 턱에 발이 부딪힌 것이다!

변화가 너무나 갑작스러워서 덜컥 겁이 났지만, 너무나 빠르게 몸이

줄어들고 있어서 더는 시간 낭비할 겨를이 없었다. 앨리스는 곧장 다른 쪽 버섯 조각을 먹으려고 애썼다. 턱이 발에 바짝 달라붙어 있어서 입을 벌릴 틈이 거의 없었지만, 결국 어떻게든 해내어 왼손에 든 버섯 조각을 작게 한 입 베어서 삼켰다.

"어머, 내 머리가 드디어 자유로워졌어!" 앨리스가 기쁘게 외쳤다. 하지만 기쁨은 이내 불안으로 변했다. 앨리스는 아무리 둘러봐도 자신의 어깨가 보이지 않았다. 아래를 내려다보니, 눈에 들어오는 것이라고는 터무니없이 길어진 목뿐이었다. 목은 까마득히 아래에 펼쳐진 푸른 잎사귀의 바다에서 나무줄기처럼 혼자 쭉 뻗어 나와 있었다.

"이 초록색은 다 뭘까?" 앨리스가 말했다. "내 어깨는 어디로 갔담? 오, 내 불쌍한 손. 너희는 어디로 갔니?" 앨리스가 손을 움직여 보았지만, 저 멀리서 나뭇잎이 약간 출렁일 뿐 아무것도 보이지 않았다.

손을 머리 높이까지 들어 올릴 방법이 없어 보이자, 앨리스는 머리를 손 가까이 숙이려고 했다. 자신의 고개가 뱀처럼 사방으로 쉽게 구부러져서 기뻤다.

그래서 목으로 우아하게 지그재그를 그리며 나뭇잎 사이를 파고 들어갔다. 알고 보니 나뭇잎 더미는 아까 헤매고 다녔던 숲속 나무의 꼭대기였다. 그때 날카롭게 쉭 하는 소리가 들렸고, 앨리스는 다급히 고개를 들어 올렸다. 커다란 비둘기 한 마리가 앨리스 얼굴로 날아와서 날개를 거세게 퍼덕이며 때렸다.

"뱀이다!" 비둘기가 소리 질렀다.

"난 뱀이 아니야!" 앨리스가 발끈해서 대꾸했다. "그만해!"

"맞잖아!" 비둘기가 다시 고함쳤지만, 조금 누그러진 목소리에 흐느끼는 듯한 느낌도 묻어났다. "내가 별짓을 다 해봤는데 아무 소용이 없어!"

"무슨 말을 하는지 하나도 모르겠어." 앨리스가 대답했다.

"나무뿌리에도, 강둑에도, 산울타리에도 해 봤어." 비둘기는 전혀 아랑곳하지 않고 말을 이었다. "그런데도 그 뱀들! 도무지 비위를 맞출 수가 없다고!"

앨리스는 갈수록 어리둥절했지만, 비둘기가 말을 다 끝내기 전에 끼어들어봤자 아무 소용이 없다고 생각했다.

"알을 품는 것만으로도 힘들어 죽겠단 말이야. 그런데 밤이고 낮이고 뱀이 오지는 않는지 망까지 봐야 한다고! 3주째 눈도 제대로 못 붙였어!"

"정말 힘들었겠구나." 앨리스는 그제야 비둘기의 말이 이해 갔다.

"이제 막 제일 높은 나무 꼭대기에 둥지를 틀었는데." 비둘기는 소리를 지르다 못해 악을 썼다. "겨우 뱀한테서 벗어났다고 생각했는데, 꼭 하늘에서 꿈틀대며 기어 내려와야 했니! 웩, 뱀이라니!"

"난 뱀이 아니라고 했잖아! 나는…, 나는…."

"그래서! 넌 뭔데? 거짓으로 둘러대려는 거 다 알아!"

"난…, 난 여자아이야." 앨리스는 오늘 하루 몇 차례나 변화를 겪었다는 사실이 떠올라서 자신 없는 목소리로 대답했다.

"그것참 그럴듯하구나!" 비둘기가 한껏 멸시하는 목소리로 대꾸했다. "살면서 여자아이를 수두룩하게 봤는데 이렇게 목이 긴 애는 한 명도 없었어! 거짓말하지 마! 넌 뱀이잖아. 아니라고 해도 소용없어. 어디 이번에는 알을 한 번도 먹어 본 적 없다고 하지, 그래?"

"사실 알은 먹어 봤어." 거짓말할 줄 몰랐던 앨리스가 대답했다. "여자아이도 뱀만큼 알을 많이 먹는걸."

"말도 안 돼. 그게 진짜라면 여자아이도 뱀이나 다를 게 없어, 내가 할 말은 이것뿐이야."

그런 말을 처음 들어 본 앨리스는 잠시 입을 다물었고, 그 틈을 타서 비둘기가 덧붙였다. "넌 알을 찾고 있지. 난 다 알아. 네가 여자아이든

뱀이든 내가 무슨 상관이야?"

"난 상관있어." 앨리스가 서둘러 대답했다. "게다가 난 알을 찾고 있는 게 아니야. 알을 찾는다고 해도 네 알은 아니야. 날로 먹는 건 싫거든."

"그럼 썩 꺼져!" 비둘기가 날카롭게 받아치며 둥지에 다시 자리 잡았다. 앨리스는 나무 사이로 최대한 웅크렸다. 목이 연거푸 나뭇가지에 걸리는 바람에 이따금 멈춰서 나뭇가지를 치워야 했다. 앨리스는 아직 양손에 버섯 조각을 쥐고 있다는 사실을 기억해 내곤 조심스럽게 양쪽을 번갈아서 베어 물었다. 그렇게 키가 커졌다가 작아졌다가를 반복하며 드디어 평소의 키로 돌아오는 데 성공했다.

원래 키가 하도 오랜만이어서 처음에는 꽤 낯설었다. 하지만 몇 분 만에 바로 적응하고 평소처럼 조잘거리기 시작했다. "이것 좀 봐, 계획 중 절반을 이뤘어! 몸이 자꾸 변하니까 너무 헷갈려! 바로 다음에 어떻게 될지조차 알 수 없잖아! 그래도 원래대로 돌아왔어. 이제는 아름다운 정원으로 가는 거야. 그런데 어떻게 들어가야 할까?"

그 순간 앨리스는 갑자기 탁 트인 곳에 이르렀고, 높이가 1.2m 정도밖에 안 되는 작은 집이 눈에 들어왔다.

"저기에 누가 살든, 이 키로 마주쳤다가는 큰일 나겠다. 날 보면 놀라서 까무러칠 거야."

앨리스는 다시 오른손에 든 버섯을 조금 갉아 먹었고, 키가 20cm 정도로 줄어든 후에야 집으로 다가갔다.

06
돼지와 후추

앨리스가 잠시 가만히 서서 집을 바라보며 이제 무엇을 할지 고민하는데, 난데없이 제복을 입은 하인이 숲에서 달려 나오더니 주먹으로 문을 쾅쾅 두드렸다. (제복 차림을 보고 하인이라고 생각했다. 그 차림새가 아니었다면 얼굴만 보고 그냥 물고기라고 여겼을 터였다.) 그러자 역시 제복을 입은 다른 하인이 문을 열었는데, 얼굴이 둥글고 눈이 개구리처럼 커다랬다. 두 하인 모두 하얀 분을 뿌린 곱슬머리 가발을 쓰고 있었다. 앨리스는 무슨 일인지 너무 궁금한 나머지 숲에서 살짝 빠져나와 그들에게 귀를 기울였다.

물고기 하인이 자기 덩치만큼이나 큰 편지를 겨드랑이 아래에서 꺼내어 개구리 하인에게 건네면서 엄숙하게 말했다. "공작 부인에게 크로케를 하자고 여왕 폐하께서 초청장을 보내셨습니다." 그러자 개구리 하인이 단어 순서만 조금 바꾸어서 엄숙한 어조로 반복했다. "여왕 폐하께서 크로케를 하자고 공작 부인에게 초청장을 보내셨군요."

둘이 고개를 숙여 절을 하다가 곱슬머리 가발이 한데 엉켜 버렸다.

그 광경에 앨리스는 웃음을 터뜨리다가 혹시 웃음소리를 들켰을까 봐 숲으로 도로 달려가서 숨었다. 다시 몰래 집을 내다보았더니 물고기 하인은 없고 개구리 하인만 문가 바닥에 앉아서 멍하니 하늘을 쳐다보고 있었다.

앨리스는 머뭇머뭇 문으로 다가가서 노크했다.

"그래 봤자 소용없어." 개구리 하인이 말했다. "이유는 두 가지야. 첫째, 내가 이미 밖에 나와 있잖아. 둘째, 안에서 야단을 떨고 있어서 아무도 노크 소리를 듣지 못할 거야." 확실히 집 안에서는 엄청나게 요란한 소리가 들려왔다. 울부짖는 소리와 재채기 소리가 끊이지 않았고 이따금 접시나 주전자가 와장창 깨지는 소리도 났다.

"그러면 전 어떻게 안으로 들어가나요?"

"노크하면 될지도 모르지." 개구리 하인이 앨리스에게 눈길도 주지 않고 말을 이어갔다. "우리 사이에 문이 있다면 말이야. 만약 네가 안에 있어서 문을 두드리면 내가 문을 열어 널 내보낼 수 있을 거야." 개구리 하인은 말하는 내내 하늘만 올려다보았는데, 앨리스는 이 모습이 대단히 무례하다고 생각했다. '어쩔 수 없는 걸지도 몰라.' 앨리스가 생각했다. '눈이 머리 꼭대기에 바싹 붙어 있잖아. 어쨌거나 질문에는 대답해

주겠지.'

"어떻게 하면 안으로 들어갈 수 있어요?" 앨리스가 목소리를 높여서 재차 물었다.

"난 여기 앉아 있을 거야." 하인이 대꾸했다. "내일까지…."

그 순간, 문이 열리더니 커다란 접시가 개구리 하인의 머리를 향해 곧장 날아와서는 하인의 코를 스치고 지나가 나무에 맞아서 박살이 났다.

"… 아니면 모레까지나." 하인은 아무 일도 없었다는 듯 한결같이 말했다.

"어떻게 들어가야 해요?" 앨리스는 목청을 한층 더 높여서 다시 물었다.

"꼭 들어가야겠어?" 하인이 물었다. "그것부터 생각해야지."

물론 그래야 했다. 다만 앨리스는 그런 말을 듣고 싶지 않았다. "정말이지 끔찍해." 앨리스가 툴툴거렸다. "다들 말꼬리나 잡고 늘어지고. 미칠 지경이야!"

하인은 같은 말을 조금만 바꿔서 되풀이할 기회라고 여긴 것 같았다. "난 여기 있을 거야. 있다 말다가 하면서. 며칠이고 계속."

"그럼 난 어떡해요?" 앨리스가 물었다.

"좋을 대로 해." 하인이 대꾸하더니 휘파람을 불기 시작했다.

"휴, 이 하인하고 말해 봐야 아무 소용 없어." 앨리스가 진저리를 냈다. "그야말로 얼간이잖아!" 앨리스는 문을 열고 안으로 들어갔다.

문은 넓은 주방으로 곧장 이어졌는데, 주방이 온통 연기로 자욱했다. 공작 부인이 주방 한복판에서 세 발 의자에 앉아 아기를 돌보고 있었다. 요리사는 불가를 굽어보며 수프가 가득 든 커다란 솥을 휘휘 휘젓고 있었다.

"수프에 후추를 너무 많이 넣었나 봐!" 앨리스가 재채기하며 힘겹게 중얼거렸다.

공중에도 후춧가루가 너무 많이 떠다녔다. 공작 부인도 이따금 재채기했고, 아기는 잠시도 멈추지 않고 재채기했다가 악을 썼다가 반복했다. 주방에서 재채기하지 않는 이는 요리사와 화롯가에 앉아 입이 귀에 걸리도록 씩 웃고 있는 고양이뿐이었다.

"저, 여쭤볼 게 있어요." 앨리스는 먼저 말을 걸어도 예의에 어긋나지 않는지 확신이 없어서 망설이며 입을 뗐다. "댁의 고양이는 왜 저렇게 웃고 있나요?"

"체셔 고양이니까 그렇지, 이 돼지야!"

공작 부인이 불쑥 사납게 말을 내뱉는 바람에 앨리스는 화들짝 놀랐다.

하지만 마지막 말은 자기가 아니라 아기에게 한 말이라는 사실을 이내 깨닫고 용기를 내서 다시 말을 붙였다.

"체셔 고양이가 늘 웃는다는 건 몰랐어요. 사실, 고양이가 웃을 수 있는 줄도 몰랐어요."

"다 웃을 수 있어." 공작 부인이 대꾸했다. "게다가 대부분은 웃지."

"저는 웃는 고양이를 한 마리도 모른답니다." 앨리스는 대화를 나누게 되어 기뻐서 아주 공손하게 대답했다.

"너는 아는 게 별로 없구나." 공작 부인이 말했다. "틀림없어."

앨리스는 이처럼 대꾸하는 공작 부인의 말투가 불편해서 다른 이야깃거리를 꺼내야겠다고 생각했다. 그래서 화제를 하나 고르려고 고민하는데, 요리사가 솥을 불에서 내리더니 손에 잡히는 물건을 닥치는 대로 공작 부인과 아기에게 던지기 시작했다. 맨 먼저 부지깽이가 날아왔고, 냄비와 접시, 그릇이 빗발치듯 쏟아졌다. 공작 부인은 맞아도 눈 하나 깜짝하지 않았다. 아기는 이미 악다구니를 쓰고 있는 탓에 맞아서 아픈지 아닌지 알 길이 없었다.

"어머, 조심 좀 하세요!" 앨리스가 겁에 질려 펄쩍 뛰면서 소리쳤다. "아기의 귀여운 코에 맞겠어요!" 어마어마하게 커다란 냄비가 날아와서 아기 코를 아슬아슬하게 비켜 갔다.

"다들 괜한 참견만 안 한다면," 공작 부인이 쉰 목소리로 투덜거렸다. "세상이 훨씬 더 빨리 돌아갈 텐데."

"그렇다고 좋은 게 아니에요." 앨리스는 지식을 뽐낼 기회가 찾아와서 무척 기뻤다. "그러면 낮과 밤이 어떻게 될지 생각해 보세요! 지구가 축을 중심으로 도는 데 24시간이 걸리는데….''

"도끼 얘기가 나온 김에,[2]" 공작 부인이 말했다. "저것의 목을 베어라!" 앨리스는 요리사가 이 말을 알아들었는지 확인하려고 불안하게 힐끔거렸다. 요리사는 수프를 젓느라 바빠서 아무것도 듣지 못한 듯했다. 앨리스는 다시 말을 이었다. "24시간일 거예요. 아니면 12시간인가? 저는….''

"아이고, 성가시게 굴지 마라! 숫자라면 딱 질색이야!" 공작 부인은 다시 아기를 어르기 시작했고, 자장가 같은 노래를 부르며 한 소절이 끝날 때마다 아기를 거칠게 흔들었다.

"아기를 모질게 혼내세요,

재채기하면 때려 주세요.

어른들 약 올리려고

---

2) 자전축(axis)과 도끼(axes)의 발음이 같아서 공작 부인이 착각했다. - 옮긴이 주

화를 돋우려고 그러는 거예요."

후렴
(이 대목에서 요리사와 아기도 함께 불렀다.)
"우와! 우와! 우와!"

공작 부인은 2절을 부르면서 줄곧 아기를 거칠게 던져 올렸다가 받았고, 가여운 아기가 어찌나 빽빽 울어대는지 가사가 통 들리지 않았다.

"나는 아기를 엄하게 야단치지요,
재채기하면 때려 주지요.
제 마음이 내키기만 하면
얼마든지 후추를 즐길 수 있으니까!"

후렴
"우와! 우와! 우와!"

"자! 아기 좀 보고 있거라!" 공작 부인이 앨리스에게 아기를 휙 던지며

말했다. "나는 여왕 폐하와 크로케 하러 갈 채비를 해야 하니까." 공작 부인이 서둘러 주방을 빠져나가는데, 요리사가 공작 부인의 등 뒤를 겨냥해서 프라이팬을 던졌지만 빗나갔다.

앨리스는 힘겹게 아기를 받아 안았다. 아기가 괴상하게 생긴데다 팔다리를 사방으로 바둥거리는 탓이었다. '꼭 불가사리 같네.' 앨리스가 생각했다. 불쌍한 아기가 코에 증기 기관을 단 듯 씩씩거리면서 몸을 웅크렸다가 폈다가 용을 쓰는 바람에 처음 얼마 동안은 그저 붙들고 있는 것만으로도 벅찼다.

앨리스는 아기를 똑바로 안는 요령(매듭짓듯 아기 몸을 꼬아 놓고, 몸을 풀지 못하게 오른쪽 귀와 왼쪽 발을 단단히 잡는 방법)을 알아내자마자 밖으로 데리고 나갔다. '내가 데리고 나가지 않으면,' 앨리스가 속으로 생각했다. '이 집에서 하루나 이틀 만에 애를 잡을 게 분명해. 내 버려 두고 가는 것도 살인 아니겠어?' 앨리스가 마지막 말을 큰소리로 입 밖에 냈는데 아기가 대답하듯 꿀꿀거렸다(이때쯤 재채기는 멎었다). "꿀꿀거리지 마." 앨리스가 말했다. "기분을 그런 식으로 표현하면 안 돼."

아기는 다시 꿀꿀거렸고, 앨리스는 뭐가 문제인지 보려고 몹시 걱정스럽게 아기 얼굴을 들여다보았다.

아기 코는 누가 봐도 한껏 치켜 올라간 들창코여서 사람 코가 아니라 돼지 코처럼 보였다. 게다가 아기치고는 눈도 지나치게 작아지고 있었다. 앨리스는 아기의 생김새가 전혀 마음에 들지 않았다. '울고 있어서 그런 걸지도 몰라.' 앨리스는 아기가 울고 있는지 보려고 다시 눈을 들여다보았다.

하지만 눈물은 보이지 않았다. 앨리스가 진지하게 말했다. "아가야, 네가 돼지로 변한다면 더는 널 돌봐 줄 수 없어. 알겠니!" 가여운 아기는 다시 칭얼거렸다(아니면 꿀꿀거렸거나. 둘 중 어느 쪽인지 구분할 수 없었다). 앨리스는 한동안 조용히 아기를 안고 걸었다.

'그런데 이 녀석을 집에 데려가면 어떻게 해야 하지?' 앨리스의 머릿속에 이런 생각이 막 떠오르던 참에 아기가 다시 꿀꿀거렸다. 하도 격하게 꿀꿀거린 탓에 앨리스는 놀라서 얼굴을 내려다보았다. 이번에는 절대 잘못 볼 수가 없었다. 아기는 영락없이 돼지였다. 앨리스는 돼지를 계속 안고 다니면 퍽 우스꽝스러울 것 같다고 생각했다.

그래서 새끼 돼지를 땅바닥에 내려놓았고, 돼지가 조용히 숲으로 종종걸음치는 모습을 보며 한결 마음을 놓았다. 앨리스가 중얼거렸다. "사람으로 자란다면 지독하게 못생긴 애가 됐겠지. 하지만 돼지인 것 치고는 꽤 잘생긴 것 같아."

앨리스는 알고 지내는 아이 중에서 돼지가 되면 어울릴 아이를 떠올리면서 혼잣말했다. "그 애들을 돼지로 바꾸는 방법만 안다면…." 그러다 몇 미터 떨어진 나뭇가지 위에 체셔 고양이가 앉아 있는 모습을 보고 깜짝 놀랐다.

체셔 고양이는 앨리스를 보고 씩 웃기만 했다. 앨리스는 고양이가 순해 보인다고 생각했다. 하지만 발톱이 몹시 길고 이빨도 아주 많으니 조심스럽게 대해야 할 것 같았다.

"체셔 야옹아." 앨리스는 이렇게 불러도 괜찮은지 몰라서 쭈뼛거리며 말을 걸었다. 고양이는 더 활짝 미소 짓기만 할 뿐이었다. '이것 봐, 아직은 기분이 좋은가 봐.' 앨리스가 이렇게 생각하고 말을 이었다.

"여기서 어느 길로 가야 하는지 알려 주겠니?"

"그건 네가 어디로 가고 싶은지에 달렸지." 고양이가 대답했다.

"어디로 가든 별로 상관없는데…."

"그러면 어느 길로 가든 상관없겠네."

"어디에든 도착할 수만 있다면 좋겠어." 앨리스가 덧붙였다.

"아, 그야 그렇게 될 거야." 고양이가 대꾸했다. "오래 걷기만 한다면 말이야."

앨리스는 그 말을 부정할 수 없어서 다른 질문을 던졌다.

"여기에는 어떤 사람들이 살고 있니?"

"저쪽으로 가면," 고양이가 오른발을 휘둘렀다. "모자 장수가 살아."

"이쪽으로 가면," 이번에는 왼발을 휘둘렀다. "3월 토끼가 살고. 마음에 드는 데로 가. 어차피 둘 다 미치광이거든."

"미치광이하고는 어울리고 싶지 않은걸." 앨리스가 대꾸했다.

"아, 그건 어쩔 수 없어. 여기서는 우리 모두 정신이 나갔거든. 나도 미쳤고, 너도 미쳤어."

"내가 미쳤다는 걸 네가 어떻게 알아?" 앨리스가 물었다.

"당연히 미쳤지. 아니면 여기에 올 리가 없으니까." 앨리스는 고양이의 말이 터무니없다고 생각했지만, 대화를 계속 이어갔다. "그러면 네가 미쳤다는 건 어떻게 아는데?"

"우선은 말이야," 고양이가 말했다. "개는 미치지 않았어. 너도 인정하지?"

"그런 것 같아."

"자, 그러면 들어 봐. 개는 화가 나면 으르렁거리고 기쁘면 꼬리를 흔들잖아. 그런데 나는 기분이 좋으면 으르렁거리고 화가 나면 꼬리를 흔든단 말이야. 그러니까 나는 미친 거지."

"그건 으르렁거리는 게 아니라 갸르릉 소리를 내는 거야."

앨리스가 말했다.

"너 좋을 대로 하렴." 고양이가 대꾸했다. "너도 오늘 여왕님과 크로케 경기하니?"

"그랬으면 좋겠지만, 아직 초대를 못 받았어."

"그러면 거기에서 보자." 고양이가 말하고는 사라져 버렸다.

앨리스는 별난 일이 벌어지는 데 익숙해져서 그다지 놀라지 않았다. 그저 고양이가 있던 자리를 쳐다보고 있는데, 느닷없이 고양이가 다시 나타났다.

"그나저나 아기는 어떻게 됐어? 물어본다는 걸 깜빡했네."

"돼지로 변했어." 앨리스는 고양이가 자연스럽게 돌아오기라도 한 듯 차분하게 대답했다.

"그럴 줄 알았어." 고양이는 다시 사라졌다.

앨리스는 고양이가 다시 나타나지 않을지 반쯤 기대하며 잠시 기다렸지만, 고양이는 돌아오지 않았다. 얼마 후 앨리스는 3월 토끼가 산다는 곳으로 발걸음을 옮겼다. "모자 장수라면 본 적 있어." 앨리스가 중얼거렸다. "3월 토끼 쪽이 훨씬 더 재미있을 거야. 지금은 5월이니까 그렇게 미쳐서 날뛰지는 않겠지. 적어도 3월만큼은 아닐 거야." 그러면서 고개를 들었는데, 나뭇가지 위에 체셔 고양이가 다시 앉아 있었다.

"돼지라고 했어, 아니면 대지라고 했어?"

"돼지라고 했어." 앨리스가 대답했다. "그런데 그렇게 불쑥불쑥 나타났다가 사라졌다가 하지 않았으면 좋겠어. 어지럽단 말이야."

"알겠어." 고양이가 대꾸하더니 아주 서서히 사라졌다. 꼬리 끝부터 점점 없어지더니 씩 웃는 입이 마지막으로 없어졌다. 그 미소는 고양이가 완전히 사라진 후에도 한참 남아 있었다.

'어머나! 미소 없는 고양이는 자주 봤는데, 고양이 없는 미소라니! 살면서 이렇게 신기한 건 처음 봐!'

얼마 걷지 않아서 3월 토끼의 집이 눈에 들어왔다. 굴뚝이 토끼 귀 모양이고 지붕은 토끼털로 되어 있어 앨리스는 집을 똑바로 찾아왔다고 짐작했다. 집이 몹시 커서 앨리스는 왼손에 들었던 버섯 조각을 조금 더 베어 먹고 키를 60cm까지 키웠다. 그러고도 주눅이 들어서 걸어가며 혼잣말했다. "미쳐서 날뛰는 토끼라면 어떡하지! 모자 장수를 보러 갈 걸 그랬어!"

07
미치광이 다과회

집 앞 나무 아래에 식탁을 차려 놓고 3월 토끼와 모자 장수가 차를 마시고 있었다. 겨울잠쥐가 둘 사이에 앉아서 꾸벅꾸벅 졸았고, 둘은 쥐를 쿠션 삼아 팔꿈치를 괴고는 그 머리 너머로 이야기를 주고받았다.

'겨울잠쥐는 아주 불편하겠다.' 앨리스가 생각했다. '그래도 잠든 걸 보니 괜찮은가 봐.'

식탁은 널찍했지만, 셋은 한 귀퉁이에 다닥다닥 붙어 앉아 있었다. "자리가 없어! 오지 마!" 그들은 앨리스가 다가오는 모습을 보더니 소리쳤다. "자리 많잖아요!" 앨리스는 욱해서 쏘아붙이고는 한쪽 끝에 있는 큼직한 안락의자에 앉았다.

"포도주 좀 들지 그래." 3월 토끼가 호의적인 말투로 권했다.

앨리스가 식탁을 둘러보았지만, 차밖에 없었다. "포도주는 보이지 않는걸요."

"맞아, 포도주는 없어." 3월 토끼가 대답했다.

"있지도 않은 걸 권하다니 무례하잖아요." 앨리스가 발끈했다.

"초대받지도 않았는데 와서 떡하니 자리를 차지하는 것도 무례하지."

"당신 식탁인 줄 몰랐어요." 앨리스가 받아쳤다. "그런데 세 명 넘게 앉을 만큼 자리가 넉넉한데요."

"너 머리 좀 잘라야겠다." 모자 장수가 입을 열었다. 한동안 호기심 어린 눈길로 앨리스를 쳐다보다가 처음으로 꺼낸 말이었다.

"사람을 눈앞에 두고 험담하다니, 예의 좀 차리세요." 앨리스가 엄하게 대꾸했다.

그러자 모자 장수는 눈을 휘둥그레 떴지만, 엉뚱한 대답만 내놓았다. "까마귀랑 책상은 뭐가 닮았게?"

'좋아, 이제 재미있게 놀 수 있겠어!' 앨리스가 마음속으로 생각하고는 소리 내어 외쳤다. "수수께끼를 내다니 기쁜걸. 답을 떠올릴 수 있을 거야."

"네가 정답을 맞힐 수 있다는 뜻이야?" 3월 토끼가 물었다.

"그럼요."

"그러면 네 생각을 말해야지." 3월 토끼가 말을 이었다.

"그러고 있잖아요." 앨리스가 서둘러 대답했다. "적어도…, 적어도 내가 하는 말은 생각하는 그대로예요. 그게 그거잖아요."

"그게 그거라니!" 모자 장수가 받아쳤다. "그러면 '내가 먹는 걸 본다'나 '내가 보는 걸 먹는다'나 똑같겠네!"

"그렇담 '내가 가진 게 좋아'나 '내가 좋아하는 걸 가져'나 똑같겠다!" 3월 토끼도 거들었다.

"그렇담 '나는 잠잘 때 숨 쉬어'나 '나는 숨 쉴 때 잠을 자'나 똑같겠어!" 겨울잠쥐도 잠꼬대하듯 말을 보탰다.

"너한테는 똑같잖아." 모자 장수가 말했다. 그러자 대화가 멎었고 모두 잠시 침묵에 잠겼다. 앨리스는 까마귀와 책상에 관해 기억나는 것을 전부 떠올려 봤지만, 수수께끼 답이 생각나지 않았다.

모자 장수가 먼저 정적을 깨고 앨리스를 돌아보며 물었다. "오늘이 며칠이지?" 모자 장수는 주머니에서 시계를 꺼내서 불안한 얼굴로 들여다보더니 이따금 흔들어서 귀에 가져다 댔다.

앨리스는 잠시 생각해 보고 대답했다. "4일이에요."

"이틀이나 틀렸네!" 모자 장수가 한숨을 쉬더니 화가 난 표정으로 3월 토끼에게 따졌다. "그래서 버터를 쓰지 말라고 했잖아!"

"최고급 버터였다고." 3월 토끼가 주눅 들어 대답했다.

"알아. 그렇지만 그때 빵 부스러기도 같이 들어간 게 분명해." 모자 장수가 툴툴댔다. "빵칼을 쓰지 말았어야지."

3월 토끼는 시계를 받아 들고 울적하게 바라보았다. 그러더니 시계를 찻잔에 담갔다 꺼내서 다시 살펴보았다. 하지만 달리 더 나은 변명이 떠오르지 않았다.

"알다시피 그건 최고급 버터였어."

앨리스는 호기심이 일어서 3월 토끼의 어깨너머로 시계를 힐끗 구경하고 있었다. "희한한 시계네요! 날짜는 나오는데 시간이 안 나와요!"

"시간이 왜 나와야 하지?" 모자 장수가 웅얼거렸다. "네 시계는 연도까지 나와?"

"물론 아니죠." 앨리스가 재빨리 대답했다. "한 해는 아주 기니까 알려 줄 필요가 없죠."

"그건 내 시계도 마찬가지야." 모자 장수가 답했다.

앨리스는 무척 혼란스러웠다. 모자 장수가 외국어로 말한 것도 아닌데 모자 장수의 말에는 아무 뜻도 없는 듯했다. "무슨 말인지 모르겠어요." 앨리스는 최대한 공손하게 말했다.

"겨울잠쥐가 도로 잠에 빠졌네." 모자 장수는 쥐의 콧등에다 뜨거운 차를 부었다.

그러자 겨울잠쥐가 급히 머리를 흔들더니 눈도 뜨지 않고 말했다. "그럼, 물론이지. 나도 그렇게 말하려고 했어."

"수수께끼 답이 뭔지 알겠어?" 모자 장수가 다시 앨리스를 돌아보며 물었다.

"아뇨, 포기할래요." 앨리스가 대답했다. "정답이 뭐예요?"

"난 감도 안 와." 모자 장수가 말했다.

"나도." 3월 토끼도 보탰다.

앨리스는 싫증이 나서 한숨을 쉬었다. "답도 없는 수수께끼를 내느라 시간을 낭비하지 말고, 이 시간을 좀 유익하게 쓰는 게 어때요?"

"네가 나만큼이나 시간을 잘 안다면 그렇게 낭비한다느니 어쩐다느니 말 못 할걸. 시간한테도 인격이 있어." 모자 장수가 받아쳤다.

"무슨 소리인지 모르겠어요."

"당연히 모르겠지!" 모자 장수가 거만하게 고개를 휙 치켜들며 대답했다. "시간하고 얘기해 본 적도 없을 테니까!"

"아마도요." 앨리스가 조심스럽게 대답했다. "하지만 음악을 배울 때 시간을 맞춰야 한다는 건 알아요."

"아! 이제야 알겠어." 모자 장수가 말했다. "시간은 맞는 걸 참고 있지 않을 테니까. 이제부터 시간과 잘 지낸다면 시간은 얼마든지 네 마음대로 시계를 움직여 줄 거야. 수업이 막 시작되려는 오전 9시를 생각해 봐. 네가 귀띔만 살짝 하면 시간이 눈 깜짝할 사이에 시계를 돌릴 거야!

짜잔, 1시 반이 되어서 점심을 먹는 거지!"

"그러면 소원이 없겠다." 3월 토끼가 나지막하게 중얼거렸다.

"정말 굉장하겠어요." 앨리스가 생각에 잠겨서 대답했다. "하지만 그러면 배가 안 고플 텐데요."

"처음에야 그렇겠지." 모자 장수가 말했다. "하지만 원하는 만큼 얼마든 1시 반에 머무를 수 있어."

"그렇게 지내고 있어요?" 앨리스가 물었다.

모자 장수는 울적하게 고개를 저었다. "난 아니야, 지난 3월에 다퉜거든…. 얘가 미치기 전이었지…." 그러면서 찻숟가락으로 3월 토끼를 가리켰다. "하트 여왕 폐하께서 베푸신 근사한 음악회에서 내가 노래를 부르고 있었어.

'반짝반짝 작은 박쥐!

아름답게 비치네!'

너도 이 노래 알지?"

"비슷한 노래는 들어 봤어요." 앨리스가 말했다.

"다음 구절은 이렇게 이어져." 모자 장수가 노래를 이어갔다.

"동쪽 하늘에서도

서쪽 하늘에서도

차 쟁반처럼 반짝반짝…"

그러자 겨울잠쥐가 몸을 흔들며 잠결에 노래를 불렀다. "반짝반짝, 반짝반짝…" 쥐가 그칠 줄 모르고 하도 오래 노래 부르는 통에 꼬집어서 입을 막아야 했다.

"그런데 내가 첫 소절을 끝내기도 전에 여왕 폐하께서 벌떡 일어나서 호통치신 거야. '저놈이 시간을 죽이고 있다! 당장 목을 쳐라!'" 모자 장수가 말했다.

"어머나, 잔인하기도 해라!" 앨리스가 외쳤다.

"그 이후로 시간은 내 부탁을 하나도 들어주지 않아! 이제는 줄곧 6시야!" 모자 장수가 애통한 목소리로 설명했다.

그러자 앨리스의 머릿속이 훤히 정리되었다. "그래서 찻잔을 잔뜩 꺼내놓은 거군요!"

"맞아." 모자 장수가 한숨을 푹 쉬었다. "늘 차 마실 시간이야. 찻잔을 씻을 틈도 없어."

"그래서 식탁을 돌며 자리를 옮기는 건가요?"

"바로 그거야. 자리에 있던 걸 다 쓰고 나면 그래야지."

"그러다 맨 처음 자리로 돌아오면 어떡해요?" 앨리스가 조심스럽게 물었다.

"다른 이야기를 하자." 3월 토끼가 하품하며 끼어들었다.

"이 얘기는 지겨워. 꼬마 아가씨가 재미있는 이야기를 들려주면 좋겠네."

"아는 이야기가 하나도 없는걸요." 앨리스는 이 제안에 당황해서 대답했다.

"그러면 겨울잠쥐가 해야지!" 모자 장수와 3월 토끼가 입을 모아 외쳤다. "이봐, 일어나!" 둘은 동시에 쥐의 양 옆구리를 꼬집었다.

"나 안 잤어." 겨울잠쥐는 느릿하게 눈을 뜨고는 푹 잠겨서 기어들어가는 목소리로 대답했다. "너희들이 한 말은 빠짐없이 다 들었다고."

"재미있는 얘기 좀 해 봐!" 3월 토끼가 말했다.

"그래요, 들려줘요!" 앨리스도 간청했다.

"서둘러." 모자 장수도 한마디 덧붙였다. "안 그랬다가는 이야기가 끝나기도 전에 다시 잠들 테니까."

"옛날 옛적에 세 자매가 살았어." 겨울잠쥐가 허둥지둥 이야기를

쏟아냈다. "엘시와 레이시, 틸리였지. 우물 밑바닥에서 살았는데…."

"뭘 먹고 살았는데요?" 먹고 마시는 것에 늘 관심이 많은 앨리스가 물었다.

"당밀을 먹고 살았지." 겨울잠쥐가 잠시 고민하다가 대답했다.

"그랬을 리가 없어요." 앨리스가 예의 바르게 지적했다. "그랬다가는 탈이 났을 거예요."

"정말 그랬단다." 겨울잠쥐가 말했다. "몹시 아팠어."

앨리스는 그런 기상천외한 방식으로 살아가면 어떨지 상상하려 했지만, 너무 아리송해서 다시 질문을 던졌다. "그런데 왜 우물 밑바닥에서 살았어요?"

"차 좀 더 마셔." 3월 토끼가 간곡하게 권했다.

"아직 한 잔도 안 마셨는데요." 앨리스가 부루퉁하게 대꾸했다. "그러니까 더 마실 수 없어요."

"덜 마실 수 없다는 말이겠지." 모자 장수가 끼어들었다. "안 마시는 것보다 더 마시는 게 훨씬 쉬우니까."

"의견 물어본 적 없거든요."

"지금 사람을 눈앞에 두고 험담하는 게 누구지?" 모자 장수가 의기양양하게 물었다.

앨리스는 딱히 대꾸할 말이 떠오르지 않았다. 그래서 차와 버터 바른 빵을 조금 먹고 겨울잠쥐를 쳐다보며 다시 물었다. "왜 우물 밑바닥에서 살았는데요?"

겨울잠쥐는 또 잠시 고민한 끝에 대답했다. "당밀 우물이었거든."

"그런 게 어디 있어요!" 앨리스가 발끈해서 소리쳤지만, 모자 장수와 3월 토끼가 "쉿! 조용히 해!" 하며 말렸고 겨울잠쥐가 샐쭉하게 대답했다. "예의 바르게 굴지 않을 거면 네가 직접 이야기하든지 그래."

"아니에요, 계속 얘기해 주세요!" 앨리스가 공손하게 부탁했다. "다시는 끼어들지 않을게요. 그런 우물이 하나쯤은 있을 거예요."

"하나쯤이라고!" 겨울잠쥐가 왈칵 성을 냈지만, 이야기를 계속했다. "그래서 세 자매는 말이야…. 퍼 올리는 법을 배우고 있었어…."

"뭘 퍼 올리는데요?" 앨리스는 약속을 잊고 또 질문했다.

"당밀이지." 겨울잠쥐가 이번에는 곧바로 대답했다.

"깨끗한 잔이 필요해." 모자 장수가 끼어들었다. "한 자리씩 옮기자."

모자 장수가 말하면서 자리를 옮기자, 겨울잠쥐도 따라서 움직였다. 3월 토끼가 겨울잠쥐의 자리에 앉았고, 앨리스는 마지못해 3월 토끼의 자리에 앉았다. 자리를 옮겨서 이득을 본 이는 모자 장수뿐이었다.

앨리스가 옮긴 자리는 전보다 훨씬 더 나빴는데, 3월 토끼가 접시에

막 우유를 엎지른 탓이었다.

앨리스는 또 겨울잠쥐의 심기를 거스르고 싶지 않아서 아주 조심스럽게 말을 꺼냈다. "그런데 이해가 잘 안 돼요. 당밀을 어디에서 퍼 올린 거죠?"

"우물에서는 물을 퍼 올릴 수 있잖아." 모자 장수가 대답했다. "그러니까 당밀 우물에서는 당밀을 퍼 올릴 수 있겠지. 안 그러니, 이 바보야?"

"하지만 우물 안에서 살잖아요." 앨리스는 모자 장수의 말을 무시하고 겨울잠쥐에게 다시 물었다.

"물론이지. 우물 안에서." 겨울잠쥐가 대답했다.

앨리스는 이 대답에 너무나 혼란스러워져서 한동안 잠자코 이야기를 들었다.

"세 자매는 퍼 올리는 법을 배우고 있었어." 겨울잠쥐는 잠이 쏟아지는지 하품하며 눈을 비볐다. "온갖 걸 다 퍼 올렸지…. 'ㄷ'으로 시작하는 건 뭐든지…."

"왜 'ㄷ'이죠?" 앨리스가 물었다.

"왜 안 되는데?" 3월 토끼가 되물었다.

앨리스는 입을 다물었다.

이 무렵 겨울잠쥐는 눈을 감고 꾸벅꾸벅 졸고 있었다.

하지만 모자 장수가 꼬집자 작게 비명을 지르며 깨어나 이야기를 이어갔다. "'ㄷ'으로 시작하는 것 말이야. 이를테면 덫도 있고, 달도 있고, 돌이켜 보는 생각도 있고, 대동소이도 있고…. '대동소이하다'라는 말도 있는걸…. 대동소이한 걸 퍼 올리는 모습 본 적 없니?"

"저한테 묻는 거예요?" 앨리스가 당황해서 되물었다. "없는 것 같은데…."

"그럼 입 다물고 있어." 모자 장수가 말했다.

앨리스는 이렇게 무례한 말을 도저히 참을 수 없었다. 넌더리가 나서 자리를 박차고 일어나 걸음을 옮기는데 겨울잠쥐가 금세 곯아떨어졌다. 앨리스는 혹시나 모자 장수와 3월 토끼가 자기를 불러 세우지 않을까 싶어 한두 번쯤 뒤돌아보았지만, 둘은 조금도 신경 쓰지 않았다. 앨리스가 마지막으로 뒤를 돌아보았을 때 둘은 겨울잠쥐를 찻주전자에 밀어 넣으려고 애쓰고 있었다.

"다시는 저기에 안 갈 테야!" 앨리스가 숲으로 걸어 들어가며 말했다. "살면서 이렇게 멍청한 다과회는 처음이야!"

그 순간, 앨리스는 몸통에 문이 나 있는 나무를 발견했다. '정말 신기하네!' 앨리스가 생각했다. '하지만 오늘은 뭐든지 희한하잖아. 당장 들어가 봐야겠어.' 앨리스는 문 안으로 들어갔다.

앨리스는 유리로 만든 세 발 탁자가 놓인 긴 복도에 다시 들어와 있었다. '이번에는 더 잘해야지.' 이렇게 마음먹은 앨리스는 자그마한 황금 열쇠를 집어 들어 정원으로 나가는 문을 열었다. 그런 다음 주머니에 넣어 둔 버섯을 갉아 먹어서 키를 30cm 정도로 줄이고 문을 통과했다. 마침내 앨리스는 화사한 꽃밭과 시원한 분수가 있는 아름다운 정원에 이르렀다.

08
여왕의 크로케 경기장

정원 입구에 커다란 장미 나무가 한 그루 서 있었다. 나무에 핀 장미꽃은 흰색이었는데, 정원사 셋이 달라붙어서 꽃을 빨간색으로 분주하게 칠하고 있었다. 앨리스가 이 신기한 광경에 더 가까이 다가가서 구경하려는데 정원사의 대화가 들려왔다.

"5번, 조심 좀 해! 나한테 페인트가 다 튀잖아!"

"어쩔 수 없다고." 5번이 부루퉁하게 받아쳤다. "7번이 내 팔꿈치를 건드려서 그래."

그러자 7번이 고개를 들고 말했다. "말 한번 잘했다! 5번 너는 늘 남 탓하더라!"

"입 다물어!" 5번이 대꾸했다. "바로 어제 여왕 폐하께서 네놈 목을 잘라 마땅하다고 말씀하시는 걸 들었거든."

"무슨 죄목으로?" 제일 처음 입을 열었던 자가 물었다.

"2번 네가 알 거 없어!" 7번이 소리쳤다.

"아냐, 2번도 상관있어." 5번이 설명했다. "내가 똑똑히 알려 주지. 양파 대신 튤립 구근을 요리사한테 갖다 줘서 그래."

7번은 붓을 휙 집어던지더니 말을 늘어놓기 시작했다. "그게, 정말 억울하다고…." 그 순간 7번은 서서 구경하던 앨리스와 눈이 마주치는 바람에 다급히 입을 다물었다. 나머지 둘도 주변을 둘러보다가 7번과 함께 고개 숙여 인사했다.

"저, 궁금해서 그런데요," 앨리스가 조금 멈칫거리며 말을 걸었다. "왜 장미에 색을 칠하고 있나요?"

5번과 7번은 잠자코 입 다문 채 2번을 바라보았다. 2번이 나직하게 말했다. "저, 아가씨가 보다시피 이 나무는 원래 빨간 장미 나무여야 하는데, 실수로 흰 장미를 심었습니다. 여왕 폐하께서 아시면 저희 목이 달아납니다. 그래서 보다시피 폐하께서 오시기 전에 어떻게든…."

그 순간, 걱정스럽게 정원 건너편을 내다보고 있던 5번이 소리쳤다. "여왕 폐하 납시었다! 여왕 폐하셔!" 정원사 셋은 곧바로 땅바닥에 넙죽 엎드렸다. 우르르 다가오는 발소리가 들리자, 앨리스는 여왕을 보고 싶어서 고개를 빼고 둘러보았다.

가장 먼저 곤봉을 든 병사 열 명이 나타났다. 다들 정원사처럼 몸이 길쭉하고 납작한 네모꼴이었고, 네 귀퉁이에 팔다리가 달려 있었다.

그 뒤로 궁정 신하 열 명이 온몸에 다이아몬드를 휘감은 채 병사처럼 둘씩 짝을 지어 걸어왔다. 그다음은 왕실 자녀 차례였다. 하트로 장식한 귀여운 어린아이 열 명이 둘씩 손잡고 명랑하게 폴짝거리며 다가왔다. 다음은 여왕의 손님들이었는데, 대부분 왕과 여왕이었다. 앨리스는 그 틈에서 흰 토끼를 발견했다. 흰 토끼는 성급하고 초조하게 이야기하면서 듣는 말마다 미소로 답하느라 앨리스를 못 보고 지나쳤다. 하트의 잭이 진홍색 벨벳 쿠션에 왕관을 받쳐 들고 뒤따라간 후, 마침내 성대한 행렬의 마지막에서 '하트 여왕과 왕'이 모습을 드러냈다.

앨리스는 정원사를 따라 바닥에 납작 엎드려야 하나 망설였지만, 행렬이 지나갈 때 그래야 한다는 규칙은 한 번도 들은 적이 없었다. '게다가 다들 고개 숙이고 엎드리면 아무것도 못 볼 텐데, 그러면 행차가 무슨 소용이람?'이라고 생각하며 그 자리에 가만히 서서 기다렸다.

행렬이 앨리스 앞에 이르자 모두 멈춰 서서 앨리스를 쳐다보았다. 여왕이 하트의 잭에게 근엄하게 물었다. "이 아이는 누구냐?" 하트의 잭은 그저 고개를 조아리며 미소 지을 뿐이었다.

"멍청한 녀석!" 여왕이 못 참겠다는 듯 고개를 휙 치켜들더니 앨리스를 보며 말을 건넸다. "얘야, 이름이 무엇이냐?"

"저는 앨리스라고 합니다, 여왕 폐하."

앨리스는 몹시 공손하게 대답했지만, 속으로 중얼거렸다. '끽해야 카드 한 벌일 뿐이잖아. 겁낼 것 없어!'

"그러면 저것들은 누구지?" 여왕이 장미 나무 주변에 엎드린 정원사 셋을 가리키며 물었다. 바닥에 엎드린 정원사의 등에 있는 무늬가 나머지 카드와 똑같아서 이들이 정원사인지, 병사인지, 궁정 신하인지, 자기 아이 셋인지 알 도리가 없었다.

"제가 어떻게 알아요?" 앨리스가 불쑥 말을 내뱉고는 대담한 대답에 스스로도 놀랐다. "제 알 바 아닌걸요."

여왕은 분노에 차서 얼굴이 시뻘게졌고 한동안 맹수처럼 앨리스를 노려보더니 빽빽 소리쳤다. "저것의 목을 쳐라! 당장 목을…."

"말도 안 돼요!" 앨리스는 큰 목소리로 단호하게 외쳤다. 그러자 여왕이 입을 다물었다.

왕이 여왕의 팔에 손을 얹고 조심스럽게 말했다. "부인, 고작 어린아이잖소!"

여왕은 화가 나서 왕의 손을 뿌리치더니 하트의 잭에게 분부했다. "저놈들을 뒤집어라!"

하트의 잭은 한 발로 아주 조심스럽게 정원사를 뒤집었다.

"일어나라!" 여왕이 날카로운 목소리로 꽥 소리를 질렀다.

정원사 셋은 즉시 벌떡 일어나서 왕이며 여왕이며 왕실 자녀며 할 것 없이 누구에게든 굽신거렸다.

"그만! 어지럽다!" 여왕이 고함질렀다. 그러더니 장미 나무를 쳐다보고는 다시 물었다. "여기서 무엇을 하고 있었느냐?"

"여왕 폐하께 아뢰옵니다." 2번이 한쪽 무릎을 꿇고 몹시 공손하게 대답했다. "저희는…."

"알 만하구나!" 장미를 살펴보고 있던 여왕이 말을 잘랐다. "저놈들 목을 베어라!" 그러고는 행렬이 떠났고, 병사 셋만 불쌍한 정원사를 처형하러 뒤에 남았다. 정원사는 앨리스에게 달려와서 도움을 청했다.

"목이 잘리면 안 되죠!" 앨리스는 근처의 커다란 화분에 정원사 셋을 집어넣었다. 병사 셋은 잠시 정원사를 이리저리 찾다가 조용히 일행으로 돌아갔다.

"목을 베었더냐?" 여왕이 호통쳤다.

"놈들 목이 달아났습니다, 여왕 폐하!" 병사가 큰 소리로 대답했다.

"잘되었다!" 여왕이 소리쳤다. "너는 크로케를 할 줄 아느냐?"

병사는 가만히 앨리스를 쳐다보았다. 앨리스에게 하는 질문이 틀림없었다.

"네!" 앨리스가 외쳤다.

"그러면 따라오너라!" 여왕이 고함치자, 앨리스는 무슨 일이 벌어질지 몹시 궁금해하며 뒤따라갔다.

"오, 오늘은 날씨가 참 화창하군!" 옆에서 쭈뼛거리는 목소리가 들렸다. 흰 토끼가 앨리스 바로 옆에서 걸으며 앨리스를 불안하게 흘끗거리고 있었다.

"그러네요." 앨리스가 대답했다. "공작 부인은 어디에 있어요?"

"쉿! 조용히 해!" 토끼가 다급히 목소리를 죽였다. 걱정스러운 기색으로 어깨너머를 돌아보더니 까치발을 하고 서서 앨리스 귓가에 속삭였다. "사형 선고를 받으셨어."

"이런, 어쩌다가요?" 앨리스가 물었다.

"'이런, 어쩌나!'라고 한 거야?" 토끼가 되물었다.

"아뇨. 공작 부인이 전혀 딱하지 않거든요. '어쩌다가요?'라고 물었어요."

"여왕 폐하의 따귀를 때렸거든…." 토끼의 대답에 앨리스는 잠시 킥킥거렸다. "얘, 조용히 해!" 토끼가 겁에 질려서 속삭였다. "여왕 폐하께서 듣겠어! 공작 부인이 늦게 도착했지. 그러니까 여왕 폐하께서…."

"각자 제자리로!" 여왕이 우레 같은 목소리로 호령하자 다들 서로 부딪히고 넘어지면서 사방팔방으로 뛰어갔다.

이내 모두가 자리를 잡았고 경기가 시작되었다.

앨리스는 살면서 이렇게 희한하게 생긴 크로케 경기장은 처음 보았다. 땅바닥은 온통 울퉁불퉁했고, 공은 살아 있는 고슴도치인 데다 공을 치는 망치는 살아 있는 홍학이었고, 골대는 병사들이 몸을 구부리고 손발을 짚어서 만들었다.

처음에 앨리스는 홍학을 다루느라 애를 먹었다. 홍학의 다리를 아래로 늘어뜨리고 몸통을 그럭저럭 편안히 겨드랑이에 끼우는 데까지는 괜찮았다. 하지만 홍학의 목을 쭉 펴서 머리로 고슴도치를 치려고 할 때마다 홍학이 목을 꼬고 앨리스를 올려다보며 어리둥절한 표정을 짓는 통에 웃음을 터뜨리고 말았다. 게다가 홍학의 머리를 아래로 내려서 다시 시작하려고 하면 고슴도치가 동그랗게 말았던 몸을 펴고 기어가는 탓에 약이 바짝 올랐다. 더욱이 고슴도치를 보내려는 곳마다 이랑이나 고랑이 있는 데다가 몸을 구부리고 있던 병사가 자꾸만 일어서서 다른 쪽으로 가 버려서 경기가 도무지 풀리지 않았다.

참가자들은 차례를 기다리지 않고 한꺼번에 경기하며 고슴도치를 차지하려고 내내 옥신각신했다. 얼마 지나지 않아 여왕은 화가 나서 길길이 날뛰며 일 분에 한 번꼴로 "이놈의 목을 쳐라!"나 "저놈의 목을 쳐라!"라고 아우성쳤다.

앨리스는 몹시 불안해졌다. 아직 여왕과 아무런 갈등도 빚지 않았지만, 언제든 일어날 일이었다. '그렇게 되면 난 어떻게 될까? 여기서는 사람 목을 베는 걸 끔찍이도 좋아하잖아. 살아남은 사람이 아직 있다는 게 신기해!'

앨리스가 눈에 띄지 않고 빠져나갈 길을 찾는데 허공에서 이상한 물체가 나타났다. 처음에는 무엇인지 몰라서 얼떨떨했지만, 잠시 지켜보다가 미소라는 사실을 알아차리고 혼잣말했다. "체셔 고양이잖아. 이제 말 상대가 생겼네."

"어쩌고 있어?" 말할 수 있을 만큼 입이 나타나자마자 고양이가 물었다.

앨리스는 눈이 나타날 때까지 기다렸다가 고개를 끄덕였다. '말해 봐야 아무 소용 없어. 귀가 다 나와야지. 적어도 한쪽은 나와야 해.' 이내 고양이 머리가 완전히 드러났다. 앨리스는 이야기를 들어 줄 상대가 생겨 몹시 신이 나서 홍학을 내려놓고 조잘거렸다. 고양이는 그만하면 충분히 모습을 드러냈다고 생각했는지 몸을 보여 주지는 않았다.

"경기가 전혀 정정당당하지 않아." 앨리스가 투덜거렸다.

"다들 어찌나 시끄럽게 싸우는지 자기 목소리도 안 들릴 지경이야…. 게다가 경기 규칙도 없는 것 같아. 있더라도 아무도 안 지킨다니까….

또 뭐든지 살아서 움직이니까 얼마나 헷갈리는지 몰라. 저 골대에 공을 넣어야 하는데 경기장 반대편 끝에 가서 어슬렁거리잖아…. 방금 여왕님의 고슴도치를 쳐야 했는데, 내 고슴도치가 오는 걸 보고 여왕님의 고슴도치가 달아났지, 뭐야!"

"여왕은 마음에 드니?" 고양이가 낮은 목소리로 물었다.

"전혀." 앨리스가 대답했다. "정말이지 너무…." 바로 그때 앨리스는 여왕이 뒤에서 귀를 기울이고 있다는 사실을 알아챘다. "여왕님은 우승할 가능성이 커서 경기를 끝마칠 필요도 없을 거야."

여왕이 미소를 띠며 지나갔다.

"누구와 이야기하는 게냐?" 왕이 앨리스에게 다가와서 호기심 가득한 얼굴로 고양이 머리를 바라보았다.

"제 친구 체셔 고양이예요." 앨리스가 말했다. "소개해 드릴게요."

"생김새가 마음에 안 드는구나." 왕이 대꾸했다. "하지만 내 손에 입 맞추도록 허락하마."

"그러지 않겠습니다." 고양이가 대꾸했다.

"무례하구나. 그런 식으로 쳐다보지 마라!" 왕은 앨리스 뒤로 숨었다.

"고양이도 왕을 바라볼 수 있어요." 앨리스가 지적했다. "어디서 봤는지 기억은 안 나지만 책에서 읽었어요."

"저놈을 없애버려야겠다." 왕이 아주 결연하게 말하더니 마침 지나가던 여왕을 불렀다. "부인! 이 고양이를 없애주시오!"

크든 작든 여왕이 골칫거리를 해결하는 방법은 단 하나였다. "저놈 목을 베어라!" 여왕은 쳐다보지도 않고 소리쳤다.

"내 몸소 사형 집행인을 불러오리다." 왕은 신나서 자리를 떴다.

앨리스도 이만 돌아가서 경기가 어떻게 되어 가고 있는지 봐야겠다고 생각했다. 멀리서 여왕이 길길이 날뛰며 고함치는 소리가 들렸다. 차례를 지키지 않았다고 세 명의 목이 날아가게 생겼다. 앨리스는 돌아가는 상황이 도무지 마음에 들지 않았다. 게다가 경기가 엉망진창이라서 자기 차례인지 아닌지도 알 수 없었다. 앨리스는 자기 고슴도치를 찾아보기로 했다.

때마침 앨리스의 고슴도치가 다른 고슴도치와 싸우고 있었던 터라 둘 중 한 마리로 나머지 한 마리를 칠 절호의 기회였다. 다만 홍학이 경기장 반대편으로 가고 없었다. 앨리스가 가 보니 홍학은 나무 위로 날아오르려고 헛되이 애쓰고 있었다.

앨리스가 홍학을 도로 잡아 왔더니 고슴도치의 싸움은 끝나고 두 마리 모두 보이지 않았다. '상관없어.' 앨리스가 생각했다. '어차피 경기장 이쪽에 있던 골대도 전부 사라졌는걸.'

앨리스는 홍학이 다시 달아나지 못하게 겨드랑이 아래에 단단히 끼우고 친구인 체셔 고양이와 더 이야기를 나누러 갔다.

놀랍게도 체셔 고양이 주변을 군중이 북적이며 에워싸고 있었다. 사형 집행인과 왕, 여왕이 말씨름을 벌이는 중이었다. 셋 다 한꺼번에 떠드는 가운데 나머지 사람들은 몹시 불안한 기색으로 침묵을 지켰다.

앨리스가 나타나자, 셋 모두 문제를 해결해 달라며 다가와서 저마다 자신의 주장을 되풀이했다. 이번에도 셋이 동시에 말한 탓에 앨리스는 정확히 뭐라고 하는지 알아들을 수 없었다.

한 명씩 말하라고 하니 사형 집행인은 머리가 몸통에 붙어 있지 않다면 벨 수 없다고 우겼다. 살면서 그런 일은 한 번도 해 본 적이 없고, 앞으로도 그럴 일은 전혀 없을 거라고도 덧붙였다.

왕은 머리가 있는 것이라면 무엇이든 머리를 벨 수 있으므로 사형 집행인의 말은 터무니없다고 고집부렸다.

여왕은 당장 어떻게든 하지 않으면 이 자리에 있는 전부를 처형하겠다고 으름장을 놓았다. 바로 이 마지막 말 때문에 모여든 사람들이 침울한 얼굴로 불안에 떨었다.

앨리스는 달리 할 말이 떠오르지 않아서 이렇게 대꾸했다. "공작 부인의 고양이예요. 공작 부인한테 물어보세요."

"그 여자는 감옥에 있다." 여왕이 사형 집행인에게 분부했다. "당장 데려오너라." 사형 집행인은 쏜살같이 달려갔다.

그 순간 체셔 고양이의 머리가 희미해지기 시작했고, 사형 집행인이 공작 부인을 데려왔을 무렵에는 완전히 사라져 버렸다. 왕과 사형 집행인은 정신없이 고양이를 찾아 헤맸고, 나머지는 다시 경기하러 떠났다.

09
가짜 거북 이야기

"널 다시 보니 얼마나 기쁜지 모르겠구나, 요 귀여운 녀석!" 공작 부인은 다정하게 앨리스와 팔짱을 끼고 걸었다.

앨리스는 공작 부인이 기분 좋은 상태라서 무척 반가웠고, 지난번 주방에서 그토록 사납게 굴었던 것은 그저 후추 탓이라고 생각했다.

'내가 공작 부인이라면 주방에 절대로 후추를 들이지 않을 거야. 후추가 없어도 수프는 맛있잖아…. 어쩌면 사람들의 성미를 돋우는 게 후추일지도 몰라.' 앨리스는 새로운 규칙을 발견한 게 몹시 기뻐서 생각을 이어갔다. '식초를 먹으면 사람이 시큰둥해지고…, 캐모마일을 먹으면 매서워져…. 또 보리엿 같은 걸 먹으면 아이들이 순해지지. 사람들이 이걸 알면 참 좋을 텐데. 그러면 단것을 줄 때 그렇게 인색하게 굴지 않을 거야….'

그때쯤 앨리스는 공작 부인을 까맣게 잊은 탓에 귓가에서 부인의 목소리가 들리자 깜짝 놀랐다.

"얘야, 딴 데 정신이 팔렸구나. 그러니 말수가 줄어든 게지. 당장은 마땅한 교훈이 떠오르지 않지만, 곧 생각이 날 게다."

"교훈이 없을지도 모르죠." 앨리스가 과감하게 대꾸했다.

"쯧쯧, 얘야! 무슨 일에든 교훈이 있단다. 네가 못 찾을 뿐이지." 공작 부인은 앨리스에게 더 바짝 다가가 붙었다.

앨리스는 공작 부인이 가까이 달라붙은 모양새가 탐탁지 않았다. 우선, 부인이 너무나도 못생겼기 때문이었다. 게다가 부인이 턱을 앨리스의 어깨에 괴는 바람에 날카로운 턱에 눌려서 불편했다. 하지만 앨리스는 무례하게 굴고 싶지 않아서 최대한 참았다.

"이제야 경기가 제대로 돌아가는 것 같아요." 앨리스는 대화를 이어 나가려고 말을 꺼냈다.

"그렇지." 공작 부인이 대답했다. "그 교훈은 이거지. '아, 사랑, 사랑이여. 그 덕분에 세상이 돌아간다네!'"

"누가 그랬는데요," 앨리스가 속삭였다. "다들 괜한 참견만 안 하면 세상이 훨씬 더 빨리 돌아갈 거래요!"

"아, 그래! 같은 말이란다." 공작 부인이 뾰족하고 작은 턱으로 앨리스의 어깨를 짓누르며 덧붙였다. "여기서 교훈은…, '의미에 신경 쓰면 말소리는 알아서 찾아온다.'라는 거지."

'매사에 교훈 찾는 데 열성이구나!' 앨리스가 속으로 생각했다.

"내가 왜 네 허리를 감싸지 않는지 궁금할 테지." 공작 부인이 잠시 뜸을 들인 후 말했다. "네 홍학의 성질이 어떤지 알 수 없어서란다. 한번 시험해 볼까?"

"물지도 몰라요." 그런 시험이라면 전혀 달갑지 않았던 앨리스가 조심스럽게 대답했다.

"정말이란다. 홍학과 겨자 모두 건드렸다가는 매운맛을 보게 되지. 여기서 교훈은… '깃털이 같은 새끼리 모인다.'라는 거야."

"하지만 겨자는 새가 아니잖아요."

"그렇고말고. 너는 어쩜 이렇게 똑 부러지니!"

"겨자는 아마 광물일 거예요."

"물론이지." 공작 부인은 앨리스가 무슨 말을 하든 맞장구칠 기세였다. "근처에 커다란 겨자 광산이 있단다. 여기서 교훈은…, '내 광산에 물건이 많으면 네 광산에 물건이 적다.'라는 거지."

"어머, 생각났어요!" 앨리스는 부인의 말을 듣지도 않고 외쳤다. "겨자는 채소예요. 그렇게 안 보이지만 채소가 맞아요."

"네 말이 틀림없어." 공작 부인이 말했다. "여기서 교훈은…, '겉모습대로 살아라.'라는 거야. 더 간단하게 말하자면…, '너였거나 너였을지도

모르는 모습이 남들 눈에 비쳤을 모습과 다르지 않으니, 너 자신이 남들 눈에 비칠 모습과 다르리라고 생각하지 말아라.'란다."

"그 말씀을 글로 받아 적었더라면 이해하기 쉬웠을 거예요. 말씀만 들어서는 알아듣기가 힘드네요." 앨리스가 무척 공손하게 말했다.

"마음만 먹으면 이 정도 말은 아무것도 아니란다." 공작 부인이 흐뭇하게 대답했다.

"괜히 수고롭게 더 말씀하실 필요는 없어요."

"어머나, 수고라니! 이제까지 한 말은 전부 네게 선물로 주마."

'뭐 이런 싸구려 선물이 다 있어!' 앨리스가 생각했다. '사람들이 생일 선물로 이런 걸 안 줘서 다행이야!' 하지만 생각을 감히 입 밖에 내지는 못했다.

"다시 딴생각에 빠졌구나?" 공작 부인이 뾰족하고 작은 턱을 앨리스의 어깨에 한층 더 깊이 파묻으며 물었다.

"저도 생각할 권리가 있답니다." 앨리스가 날카롭게 받아쳤다. 약간 짜증이 나던 참이었다.

"옳은 말이야. 돼지도 하늘을 날 권리가 있지. 여기서 교…."

놀랍게도 공작 부인이 가장 좋아하는 '교훈'을 이야기하려던 와중에 목소리가 기어들어 갔다.

앨리스와 팔짱을 낀 공작 부인의 팔도 덜덜 떨리기 시작했다. 앨리스가 고개를 들었더니 여왕이 당장 날벼락이라도 칠 것처럼 인상을 잔뜩 찌푸린 채 팔짱을 끼고 서 있었다.

"날씨가 참 좋습니다, 여왕 폐하!" 공작 부인이 다 죽어가는 목소리로 입을 뗐다.

"경고하는데," 여왕이 발을 쿵쿵 구르며 고함쳤다. "그대 몸뚱이나 머리 중 하나는 없어져야 하네, 그것도 당장! 선택하게!"

공작 부인은 결정하자마자 끌려갔다.

"가서 게임을 계속하자꾸나." 여왕이 앨리스에게 말했다. 앨리스는 겁에 질려서 입도 벙긋하지 못하고 여왕을 따라 천천히 크로케 경기장으로 들어섰다.

다들 여왕이 자리를 비운 틈을 타 그늘에서 쉬고 있었다. 하지만 여왕을 보자마자 허겁지겁 경기를 재개했다. 여왕은 한시라도 지체했다가는 목을 베어 버리겠다고 윽박질렀다.

경기 내내 여왕은 다른 사람과 말다툼을 벌이면서 "이놈의 목을 베라!"나 "저놈의 목을 베라!"라고 호통쳤다. 목이 잘려나갈 사람은 병사가 붙잡아 갔는데, 그러면 병사는 당연히 골대 노릇을 그만두어야 했으므로 결국 30분 정도 지나자 골대가 모조리 사라지고 없었다.

더구나 왕과 여왕과 앨리스를 제외하면 모두가 빠짐없이 사형을 선고받고 붙잡혀 갔다.

그러자 여왕은 경기를 멈추고 숨을 헐떡이면서 앨리스에게 말했다. "가짜 거북을 본 적 있느냐?"

"아뇨, 가짜 거북이 뭔지도 몰라요." 앨리스가 대답했다.

"가짜 거북 수프에 들어가는 재료지."

"그런 건 본 적도, 들은 적도 없어요."

"따라오너라. 그 녀석이 너한테 사연을 들려줄 거다."

앨리스는 여왕과 함께 걸어가면서 왕이 낮은 목소리로 모두에게 말하는 소리를 들었다. "전원 사면하노라." "어머나, 잘됐다!" 여왕이 처형 명령을 하도 많이 내린 탓에 마음이 아팠던 앨리스가 중얼거렸다.

앨리스와 여왕은 이내 햇살 아래서 깊이 잠든 그리핀[3]과 마주쳤다. "게으른지고! 일어나거라!" 여왕이 소리쳤다. "이 꼬마 숙녀를 데리고 가서 가짜 거북을 보여 주고 이야기를 듣게 하거라. 나는 돌아가서 처형을 감독해야겠구나." 그러고는 앨리스를 그리핀과 단둘이 남겨둔 채 떠나버렸다.

앨리스는 그리핀의 생김새가 마음에 들지 않았지만, 잔인한 여왕을

---

3) 머리·앞발·날개는 독수리이고, 몸통·뒷발은 사자인 상상의 동물 - 편집자 주

따라가는 것이나 그리핀 곁에 남는 것이나 마찬가지일 것 같아서 가만히 기다렸다.

그리핀은 일어나 앉아서 눈을 비비며 멀어져가는 여왕을 지켜보았다. 그러더니 여왕이 시야에서 사라지자, 킬킬 웃었다. "웃기시네!" 그리핀이 반쯤은 혼잣말로, 반쯤은 앨리스에게 말했다.

"뭐가 웃긴데요?"

"여왕 말이야. 전부 여왕이 혼자서 상상하는 거야. 아무도 처형하지 않거든. 따라와!"

'여기서는 다들 '따라와!' 하며 명령하네.' 앨리스가 천천히 그리핀을 따라가며 생각했다. '살면서 이렇게 명령을 많이 받아 본 적은 정말이지 처음이야!'

얼마 가지 않아서 멀찍이 작은 바위에 홀로 처량하게 앉아 있는 가짜 거북이 보였다. 더 가까이 다가가자, 가슴이 찢어질 듯한 한숨 소리가 들렸다. 앨리스는 가짜 거북이 몹시 가여웠다. "왜 슬퍼하는 거죠?" 앨리스가 묻자, 그리핀은 이전과 별다르지 않은 말로 대꾸했다. "전부 거북 혼자서 상상하는 거야. 슬픔 같은 건 없어. 따라와!"

둘이 가짜 거북에게 다가갔더니, 커다란 눈에 눈물이 그렁그렁 맺혔을 뿐 아무 말도 하지 않았다.

"여기는 꼬마 숙녀야." 그리핀이 가짜 거북에게 말을 걸었다. "네 사연을 듣고 싶대."

"내가 들려줄게." 가짜 거북이 낮고 공허한 목소리로 말했다. "둘 다 여기에 앉아. 그리고 내 이야기가 끝날 때까지는 아무 말도 하지 마."

그래서 앨리스와 그리핀이 앉았는데 한동안 아무도 입을 열지 않았다. 앨리스는 속으로 생각했다. '시작도 안 하는데 대체 언제 끝날지 모르겠는걸.' 하지만 참을성 있게 기다렸다.

"한때," 마침내 가짜 거북이 길게 한숨을 내쉬며 운을 뗐다. "나도 진짜 거북이었어."

그러고는 기나긴 침묵이 이어졌다. 이따금 그리핀이 "하이고!" 하는 탄식을 내뱉거나 가짜 거북이 끈질기게 흐느낄 뿐이었다. 앨리스는 벌떡 일어서서 "고마워요, 이야기가 정말 흥미롭네요." 하고 말할 뻔했지만, 틀림없이 이야기가 더 있을 것 같다는 생각에 입 다물고 가만히 앉아 있었다.

"우리가 어릴 적에는," 가짜 거북이 비로소 다시 입을 열었다. 여전히 때때로 흐느끼기는 했지만, 더 침착한 목소리였다. "바다에 있는 학교에 다녔지. 선생님은 나이 지긋한 거북이었어…. 우리는 땅거북이라고 부르곤 했지…."

"바다에 사는 거북인데 왜 땅거북이라고 불렀어요?" 앨리스가 물었다.

"땅딸막한 거북이니까 땅거북이라고 불렀지." 가짜 거북이 벌컥 화를 냈다. "너 참 둔하구나!"

"그렇게 멍청한 질문을 하다니, 부끄러운 줄 알아." 그리핀도 거들었다. 그리핀과 가짜 거북 둘 다 말없이 앉아서 앨리스를 쳐다보았고, 앨리스는 땅속으로 꺼지고 싶은 심정이었다. 마침내 그리핀이 가짜 거북에게 말했다. "계속해, 친구! 이러다 온종일 걸리겠다!" 그러자 가짜 거북이 이야기를 계속했다.

"그래, 우리는 바닷속에 있는 학교에 갔어. 너는 아마 믿지 못하겠지만…."

"그렇게 말한 적 없어요!" 앨리스가 끼어들었다.

"했잖아." 거북이 대꾸했다.

"조용히 해!" 앨리스가 뭐라고 받아치기도 전에 그리핀이 나섰다. 가짜 거북은 말을 이어갔다.

"최고의 교육을 받았지…. 사실, 우리는 날마다 학교에 갔어…."

"나도 날마다 학교에 가요." 앨리스가 말했다. "그렇게 자랑할 일은 아닌걸요."

"과외 수업도 들었어?" 가짜 거북이 살짝 불안한 말투로 물었다.

"그럼요. 프랑스어랑 음악을 배웠죠."

"빨래는?" 거북이 되물었다.

"당연히 안 배우죠!" 앨리스가 쏘아붙였다.

"아! 그러면 너희 학교는 진짜로 좋은 학교가 아니네." 가짜 거북은 안심이라는 듯 말했다. "우리 학교 등록금 고지서를 보면 '프랑스어, 음악, 그리고 빨래-과외 요금'이라고 적혀 있었거든."

"바다 밑바닥에서 지내니까 빨래할 일도 없었을 텐데요." 앨리스가 말했다.

"나는 형편이 안 됐어." 가짜 거북이 한숨을 푹 쉬었다. "정규 수업만 들었지."

"그건 뭐였는데요?" 앨리스가 물었다.

"당연히 처음에는 '읽기'와 '뜨기'를 배웠어." 가짜 거북이 대답했다. "그리고 나서는 산수도 여러 가지 배웠고. '덜하기', '빼앗기', '곱뺏기', '겨누기' 말이야."

"'곱뺏기'라니, 그런 건 처음 들어 봐요." 앨리스가 용기를 내서 물었다. "그게 뭐예요?"

그리핀은 깜짝 놀라서 두 앞발을 치켜들었다.

"뭐라고! 곱뺏기를 처음 듣는다고! 곱빼기는 뭔지 알겠지?"

"그럼요." 앨리스가 미심쩍은 목소리로 대답했다. "그건…, 두 그릇 양을…, 한 그릇에…, 담는 거잖아요."

"맞아." 그리핀이 말을 이었다. "그런데도 곱뺏기가 뭔지 모른다면 넌 멍청이야."

앨리스는 더는 질문할 엄두가 나지 않아서 가짜 거북을 돌아보며 말했다. "그것 말고는 또 뭘 배웠어요?"

"음, '약사'를 배웠지." 가짜 거북이 앞지느러미로 과목을 세어 가며 대답했다. "고대와 현대의 '약사'를 배웠어. '바다 지뢰' 수업도 있고, '소모'도 배웠지. 소모 선생님은 연로한 붕장어였는데 일주일에 한 번씩 오셨어. 우리한테 '소모'하기, '모사'하기, '착색'하기를 가르쳐 주셨단다."

"그건 어떤 수업인데요?" 앨리스가 물었다.

"직접 보여 주기는 좀 그래." 가짜 거북이 말했다. "이제는 몸이 많이 굳었거든. 게다가 그리핀은 배운 적도 없고."

"시간이 없었어." 그리핀이 말을 넘겨받았다. "그래도 나는 고전어 선생님께 배웠지. 선생님은 나이 많은 게였어."

"게 선생님께는 한 번도 배운 적이 없어." 가짜 거북이 한숨지었다. "웃음과 슬픔을 가르치신다고 했는데."

"정말이야, 그랬어." 이번에는 그리핀이 한숨을 쉬었다. 그러고는 둘 다 앞발에 얼굴을 파묻었다.

"하루에 수업을 몇 시간이나 들었어요?" 앨리스가 화제를 바꾸려고 급히 물었다.

"첫날에는 열 시간." 가짜 거북이 대답했다. "다음 날은 아홉 시간, 그런 식이었어."

"시간표가 정말 신기하네요!" 앨리스가 소리쳤다.

"그러니까 수업이라고 하는 거야." 그리핀이 지적했다. "날마다 수가 없어지잖아."

처음 들어 보는 소리라 앨리스는 잠시 곰곰이 생각한 다음 말을 이었다. "그러면 열한 번째 날에는 수업이 없겠네요?"

"당연하지." 가짜 거북이 말했다.

"그러면 열두 번째 날에는 어떻게 해요?" 앨리스가 열의에 차서 재차 물었다.

"수업 이야기는 이만하면 됐어." 그리핀이 몹시 단호한 말투로 끼어들었다. "이제 놀이 얘기를 해 줘."

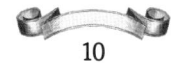

10
바닷가재 카드리유

가짜 거북은 깊은 한숨을 내쉬며 앞지느러미로 눈물을 훔쳤다. 앨리스를 바라보며 말하려고 했지만, 흐느끼느라 목이 메어서 잠시 아무 소리도 내지 못했다. "목에 뼈라도 걸렸나 봐." 그리핀이 말하더니 가짜 거북을 흔들고 등을 두드렸다. 마침내 가짜 거북의 목소리가 돌아왔다. 거북은 여전히 눈물이 뺨을 타고 흘렀지만, 말문을 뗐다.

"넌 바닷속에서 살아 본 적이 없을 테니까…." "맞아요." 앨리스가 대답했다. "바닷가재를 만나 본 적도 없을 거야…." 앨리스는 "먹어 본 적은 한 번…"이라고 말하다가 다급히 멈추고 "한 번도 없어요."라고 말을 바꾸었다. "그러니 바닷가재 카드리유[4]가 얼마나 신나는 춤인지 전혀 모를 테지!"

"그래요, 어떤 춤이에요?" 앨리스가 물었다.

"우선 바닷가를 따라서 한 줄로 늘어서고…." 그리핀이 대답했다.

---

[4] 네 사람이 한 조가 되어 사방에서 서로 마주 보며 추는 프랑스 춤 - 편집자 주

"두 줄이야!" 가짜 거북이 소리쳤다. "물개랑 거북, 연어 등등이 줄을 서. 그런 다음 해파리를 싹 치워야 하고…."

"그러면 시간이 좀 걸려." 그리핀이 끼어들었다.

"두 걸음 앞으로 나가서…."

"각자 바닷가재와 짝을 지어야지!" 그리핀이 외쳤다.

"물론이지. 두 걸음 앞으로 가서 짝과 마주 서고…."

"바닷가재를 바꾸고, 같은 순서로 물러나는 거야." 그리핀이 말을 이어받았다.

"그런 다음에는 던져야 해…." 가짜 거북도 계속했다.

"바닷가재 말이야!" 그리핀이 펄쩍 뛰면서 고함쳤다.

"바다로 있는 힘껏 멀리…."

"그리고 바닷가재를 쫓아 헤엄쳐!" 그리핀이 소리 질렀다.

"바다에서 공중제비도 돌아야지!" 가짜 거북이 미친 듯이 뛰어다니며 외쳤다.

"바닷가재를 다시 바꾸고!" 그리핀이 목청껏 고함 질렀다.

"다시 땅으로 돌아오면 첫 번째 춤 부분이 끝나는 거야." 가짜 거북이 갑자기 풀이 죽은 목소리로 덧붙였다. 이제까지 미친 듯이 펄쩍펄쩍 뛰어다녔던 그리핀과 가짜 거북은 시무룩한 표정으로 조용히 앉아서

앨리스를 쳐다보았다.

"춤이 정말 근사하겠네요." 앨리스가 머뭇거리며 말했다.

"맛보기로 조금 볼래?" 가짜 거북이 물었다.

"그럼요, 정말 보고 싶어요."

"자, 첫 번째 부분을 같이 해 보자!" 가짜 거북이 그리핀에게 말을 건넸다. "바닷가재가 없어도 할 수 있잖아. 노래는 누가 부르지?"

"네가 불러." 그리핀이 대답했다. "난 가사를 까먹었어."

둘은 앨리스 주위를 빙글빙글 돌면서 진지하게 춤추기 시작했다. 앞발을 흔들어서 박자를 맞추었고, 이따금 앨리스에게 너무 가까이 다가와서 앨리스의 발을 밟기도 했다. 그러면서 가짜 거북은 아주 느릿하고 구슬프게 노래를 불렀다.

"좀 더 빨리 걸을 수는 없어?" 대구가 달팽이에게 물었다네.
"돌고래가 바로 뒤에 있는데, 내 꼬리를 밟고 있단 말이야.
바닷가재와 거북이 얼마나 열심히 가는지 보렴!
조약돌 해변에서 기다리고 있잖아. 너도 와서 같이 춤출래?
춤출래, 안 출래, 춤출래, 안 출래, 같이 춤출래?
춤출래, 안 출래, 춤출래, 안 출래, 같이 춤 안 출래?

얼마나 즐거운지 너는 절대 모를 거야.

바닷가재와 함께 바다로 던져지면!"

달팽이는 흘겨보며 대꾸했다네. "너무 멀어, 너무 멀어!"

대구에게 고맙다고 정중하게 인사했지만, 같이 춤추지 않겠대.

안 춘대, 못 춘대, 안 춘대, 못 춘대, 같이 춤추지 않는대.

안 춘대, 못 춘대, 안 춘대, 못 춘대, 같이 춤추지 못한대.

"멀리 가는 게 어때서 그래?" 비늘 달린 친구가 대답했다네.

"저 반대편에 해변이 또 있다니까.

영국에서 멀어질수록 프랑스에 가까워져….

그러니 친애하는 달팽이야, 하얗게 질릴 것 없이 같이 춤출래?

춤출래, 안 출래, 춤출래, 안 출래, 같이 춤출래?

춤출래, 안 출래, 춤출래, 안 출래, 같이 춤 안 출래?"

"고마워요, 춤 구경이 정말 재미있네요." 앨리스는 드디어 춤이 끝나자 반가워서 말했다. "대구가 나오는 신기한 노래도 정말 좋았어요!"

"아, 대구 이야기가 나와서 말인데." 가짜 거북이 말했다.

"당연히 대구를 본 적 있지?"

"그럼요. 자주 밥사…." 앨리스는 다급히 입단속을 했다.

"밥사가 어디인지 모르겠네. 그래도 자주 본다니 어떻게 생겼는지 당연히 잘 알겠지?"

"그럴 거예요." 앨리스가 생각에 잠겨서 대답했다. "입에 꼬리를 물고 있고…, 온몸에 빵가루가 묻어 있죠."

"빵가루 얘기는 틀렸어." 가짜 거북이 말했다. "빵가루는 바닷물에 죄다 씻겨 나갈걸. 하지만 입에 꼬리를 물고 있는 건 맞아. 왜 그렇냐면…." 여기서 가짜 거북은 하품하며 눈을 감더니 그리핀에게 말을 걸었다. "이유가 뭔지 네가 대신 설명해 줘."

"왜냐하면," 그리핀이 말을 시작했다. "바닷가재와 같이 춤을 추러 가서 그래. 그래서 바다로 던져지거든. 그래서 멀리 날아가는 거지. 그래서 입으로 꼬리를 단단히 물어. 그래서 다시 뺄 수가 없는 거야. 이게 다야."

"고마워요." 앨리스가 말했다. "정말 신기하네요. 전에는 대구를 이렇게 많이 알지 못했어요."

"너만 좋으면 더 알려 줄 수 있어. 대구로 뭘 하는지 알아?"

"생각해 본 적 없는데요, 뭐죠?"

"부츠와 구두를 처리해." 그리핀이 근엄하게 대답했다.

앨리스는 도무지 영문을 알 수 없어서 어리둥절한 말투로 그리핀의 말을 되풀이했다. "부츠와 구두를 처리한다고요?"

"네 구두는 뭐로 처리하는데?" 그리핀이 물었다. "그러니까 뭐로 반들반들 광을 내냐고."

앨리스는 아래를 내려다보며 잠시 생각한 다음 대답했다. "까만 구두약으로요."

그리핀이 목소리를 낮게 깔고 말을 이었다. "바닷속에서는 부츠와 구두를 배가 하얀 대구로 닦아. 이제 알겠지?"

"그러면 부츠랑 구두는 뭐로 만드는데요?" 앨리스가 호기심 가득한 말투로 물었다.

"당연히 밑창처럼 납작한 가자미랑 높은 굽 같은 뱀장어로 만들지." 그리핀은 약간 짜증스럽게 대답했다. "이건 새우도 다 아는 얘기야."

"내가 대구라면." 노래가 여전히 머릿속에 맴돌고 있던 앨리스가 말했다. "돌고래한테 이렇게 말했을 거예요. '저리 가! 너랑 같이 가기 싫어!'"

"돌고래와 함께 다녀야 해." 가짜 거북이 끼어들었다. "현명한 물고기라면 어디든 돌고래와 함께 다니지."

"정말이에요?" 앨리스가 깜짝 놀라서 물었다.

"당연하지. 물고기가 나한테 와서 여행을 떠난다고 말하면 나는 '어디 돌고래?'라고 물을 거야."

"'돌고 올래?'가 아니고요?"

"말한 그대로야." 가짜 거북이 기분 상했다는 투로 대꾸했다. 그러자 그리핀이 나섰다. "자, 네 모험담을 들어 보자."

"오늘 아침부터 모험한 이야기라면 들려줄 수 있어요." 앨리스가 자신 없이 대답했다. "하지만 어제 일이라면 아무 소용 없어요. 그때는 내가 다른 사람이었거든요."

"전부 설명해 봐." 가짜 거북이 말했다.

"아냐, 안 돼! 모험 이야기가 먼저야." 그리핀이 안달했다. "설명하다 보면 시간을 질질 끈단 말이야."

앨리스는 흰 토끼를 처음 본 순간부터 펼쳐진 모험을 늘어놓기 시작했다. 그리핀과 가짜 거북이 양옆으로 바싹 다가와서 눈을 크게 뜨고 입을 쩍 벌리고 앉은 탓에 처음에는 조금 긴장했지만, 이야기하면서 조금씩 용기를 얻었다. 둘은 한마디도 하지 않고 조용히 들었지만, 앨리스가 애벌레 앞에서 〈아버지 윌리엄〉을 엉뚱하게 암송한 대목에 이르자 가짜 거북이 길게 한숨을 뱉었다.

"그것참 이상하네." 그리핀도 거들고 나섰다. "이상하기 짝이 없어."

"다 틀리게 외웠다니!" 가짜 거북이 생각에 잠겨서 중얼거렸다. "읊는 걸 직접 들어 보고 싶은걸. 한번 해 보라고 해." 가짜 거북은 그리핀이 앨리스에게 마음대로 지시할 권한이라도 있다는 듯 그리핀을 쳐다보았다.

"일어나서 〈게으름뱅이의 목소리〉를 외워 봐." 그리핀이 말했다.

'여기서는 툭하면 이래라저래라 시키고 배운 걸 외우라고 하네!' 앨리스가 속으로 생각했다. '꼭 학교에 온 것 같아.' 앨리스는 그래도 일어서서 시를 외웠다. 하지만 머릿속이 바닷가재 카드리유로 가득 찬 탓에 입에서 무슨 말이 나오는지도 모르고 엉뚱한 시를 내뱉었다.

"이것이 바닷가재의 목소리라네.

바닷가재의 선언을 들었지.

'나를 너무 바짝 구웠어. 머리카락에 설탕을 쳐야겠군.'

오리가 눈꺼풀로 그리듯,

바닷가재는 코로 허리띠와 단추를 매만지고,

발가락을 바깥으로 뒤집는다네.

모래가 남김없이 마르면, 바닷가재는 종달새처럼 명랑해지네.

그러고는 상어를 업신여기며 말할 테지.

하지만 밀물이 밀려와서 상어에 에워싸이면

목소리가 기어들고 오들오들 떨린다네."

"내가 어릴 때 외웠던 거랑 다른데." 그리핀이 말했다.

"글쎄, 그런 시는 한 번도 들어 본 적 없어." 가짜 거북도 나섰다. "말도 안 되는 허튼소리잖아."

앨리스는 아무 말도 하지 않았다. 손에 얼굴을 파묻고 앉아서 앞으로 멀쩡한 일이 다시 일어나기는 할지 고민했다.

"무슨 뜻인지 설명 좀 해 줘." 가짜 거북이 말했다.

"얘는 설명 못 해." 그리핀이 급히 나섰다. "다음 구절로 넘어가자."

"근데 발가락 얘기는 뭐야?" 가짜 거북이 끈질기게 졸랐다. "어떻게 코로 발가락을 뒤집는다는 거야?"

"그게 춤의 첫 번째 동작이에요." 앨리스가 대답했다. 하지만 뭐든지 지독하게 헷갈려서 얼른 화제를 바꾸고 싶었다.

"다음 구절로 넘어가." 그리핀이 재촉했다. "'그의 정원을 지나다가'로 시작하잖아."

앨리스는 죄다 틀릴 줄 알면서도 차마 거역하지 못하고 떨리는 목소리로 시를 외웠다.

"그의 정원을 지나다가 한쪽 눈으로 보았다네,
부엉이와 표범이 파이를 나누어 먹는 광경을.
표범은 파이 껍질과 국물, 고기를 차지하고
부엉이는 접시를 제 몫으로 받았지.
파이를 모조리 먹어 치우자, 부엉이는 덤으로
숟가락을 챙겨도 좋다고 황송하게 허락받았다네.
표범은 으르렁대며 나이프와 포크를 받았고,
만찬은 끝나서…"

"대체 이런 걸 외워 봤자 무슨 소용이야?" 가짜 거북이 말을 끊었다. "설명도 안 하면서 계속 외우면 뭐 해? 이렇게 엉망진창인 시는 처음 들어 봐!"

"그래, 이제 그만 하는 게 좋겠어." 그리핀이 말했다. 앨리스는 그 말이 더없이 반가웠다.

"바닷가재 카드리유를 한 번 더 추는 게 어때?" 그리핀이 계속했다.

"아니면 가짜 거북에게 다른 노래를 불러 달라고 할까?"

"어머나, 노래를 듣고 싶어요. 가짜 거북만 좋다면요." 앨리스가 반색하며 대답하자 그리핀은 기분이 상한 듯 대꾸했다. "흥! 취향 한번 대단하구나! 이봐, 꼬마 숙녀에게 〈거북 수프〉를 불러 줘."

가짜 거북은 땅이 꺼질 듯 한숨을 쉬더니 흐느끼며 목메는 소리로 노래했다.

"맛 좋은 수프, 깊은 맛에 초록색,

뜨거운 그릇에서 기다리고 있지!

이런 진미를 맛보지 않고 배길 사람이 있겠어?

저녁의 수프, 맛 좋은 수프!

저녁의 수프, 맛 좋은 수프!

마앗-조오은 수우우프!

마앗-조오은 수우우프!

저어녁의 수우우프!

맛 좋은, 맛 좋은 수프!

맛 좋은 수프!

생선이나 고기, 다른 음식이 과연 성에 차겠어?

누군들 가진 걸 모조리 내놓지 않겠어?

두 푼어치 맛 좋은 수프를 위해?

두 푼어치 맛 좋은 수프를 위해?

마앗-조오은 수우우프!

마앗-조오은 수우우프!

저어녁의 수우우프!

맛 좋은, 맛 좋은 수프!"

"후렴 한 번 더!" 그리핀이 외쳤다.

가짜 거북이 막 입을 떼려는데 저 멀리서 "재판 시작이오!" 하는 외침이 들렸다.

"따라와!" 그리핀은 가짜 거북의 노래가 끝나기를 기다리지도 않은 채 앨리스의 손을 잡고는 서둘러 발걸음을 옮겼다.

"무슨 재판이에요?" 앨리스가 달리는 와중에 헐떡이며 물었다.

하지만 그리핀은 "따라와!"라고만 말할 뿐, 더 빠르게 발을 움직였다. 바람결을 타고 흘러온 가짜 거북의 구슬픈 노랫소리가 점점 더 멀어졌다.

"저어녁의 수우우프!

맛 좋은, 맛 좋은 수프!"

11
누가 타르트를 훔쳤나?

앨리스와 그리핀이 재판장에 도착하자, 하트의 왕과 여왕이 왕좌에 앉아 있고 그 주변으로 인파가 구름 떼처럼 모여 있었다. 갖가지 작은 새와 동물, 카드도 빠짐없이 모였다. 맨 앞에는 하트의 잭이 사슬에 묶인 채 양옆의 병사에게 감시를 받으며 서 있었다. 왕 곁에는 흰 토끼가 한 손에는 트럼펫을, 다른 손에는 양피지 두루마리를 들고 있었다. 법정 한가운데 탁자에는 타르트를 담은 커다란 접시가 놓여 있었다. 타르트가 정말로 먹음직스러워서 앨리스는 허기를 느꼈다. '얼른 재판을 끝내고 저 간식을 나눠 줬으면 좋겠어!' 하지만 그럴 기색은 전혀 없었으므로 그저 시간이 흐르기를 기다리며 이곳저곳을 둘러보았다.

앨리스는 법정이 처음이었지만, 전에 책에서 읽은 적이 있던 터라 그 자리에 있는 거의 전부의 이름을 알아서 제법 뿌듯했다.

"저 사람이 재판장이야." 앨리스는 혼잣말했다. "커다란 가발을 보니까 알겠어."

그런데 재판장은 왕이었다. 가발 위에 왕관을 쓰고 있어서 조금도 편해 보이지 않았고, 전혀 어울리지도 않았다.

'저기는 배심원석이야.' 앨리스가 생각했다. '저기 생물 열두 마리가 배심원인가 봐.' (일부는 동물이고 또 다른 일부는 새여서 '생물'이라고 말해야 했다.) 앨리스는 배심원이라는 말을 두세 번 더 되풀이했다. 또래 아이 중에 그 말뜻을 아는 애는 드물다고 생각해서 자신이 퍽 자랑스러웠고, 실제로도 그랬다. '배심관'이라고 했어도 역시 괜찮았을 것이다.

열두 배심원은 모두 석판에 부지런히 글을 쓰고 있었다. "저들은 뭘 하는 거예요?" 앨리스가 그리핀에게 속삭였다. "아직 재판 시작 전이라 적을 게 없잖아요."

"자기 이름을 쓰고 있는 거야." 그리핀도 속삭이며 대답했다. "재판이 끝나기 전에 자기 이름을 잊을까 봐서 그래."

"멍청하기는!" 앨리스가 벌컥 화를 내며 큰 목소리로 외쳤다가 황급히 멈췄다. 흰 토끼가 "법정에서는 정숙하시오!"라고 외친데다 왕이 안경을 쓰고 누가 소란스럽게 굴었는지 찾으려고 유심히 두리번거렸기 때문이었다.

배심원 모두 제 석판에다 '멍청하기는!'이라고 받아 적는 모습이

등 뒤에서 들여다보는 것처럼 똑똑히 보였다. 심지어 그중 하나가 '멍청하다'의 철자를 몰라서 옆의 배심원에게 묻는 광경도 눈에 들어왔다. '저러면 재판이 끝나기도 전에 석판이 엉망이 되겠어!' 앨리스가 속으로 생각했다.

한 배심원의 손에 쥔 석필에서 끼익 소리가 났다. 앨리스는 도저히 그 소리를 견딜 수 없어서 법정을 빙 돌아 그 배심원 뒤로 다가갔고, 틈을 보아서 재빨리 석필을 빼앗았다. 앨리스가 어찌나 잽쌌는지 가여운 배심원(도마뱀 빌이었다)은 어쩌다 석필이 사라졌는지 영문을 알아채지 못했다. 사방팔방 석필을 찾아 헤매다가 결국 종일 손가락으로 글씨를 써야 했다. 손가락으로 쓴 글씨는 석판에 아무런 자국도 남지 않으니 아무 소용 없는 짓이었다.

"문장관, 기소장을 낭독하라!" 왕이 명령했다.

그러자 흰 토끼가 트럼펫을 세 번 불더니 양피지 두루마리를 펼쳐서 읽었다.

"여름날 온종일

하트의 여왕께서 타르트를 구우셨는데,

하트의 잭이 타르트를 훔쳐서

멀리 달아났다."

"평결을 내려라." 왕이 배심원에게 분부했다.

"아직 아닙니다!" 토끼가 서둘러 끼어들었다. "그 전에 할 일이 아주 많습니다!"

"첫 번째 증인을 불러라." 왕이 명령하자, 흰 토끼는 트럼펫을 세 번 불고 소리쳤다. "첫 번째 증인!"

첫 번째 증인은 모자 장수였다. 그는 한 손에 찻잔을, 다른 손에 버터 바른 빵을 들고나왔다. "이런 것들을 들고 와서 송구하옵니다, 폐하." 모자 장수가 입을 열었다. "소환 명령을 받았을 때 차를 미처 마시지 못했습니다."

"다 마셨어야지." 왕이 대꾸했다. "언제부터 마셨느냐?"

모자 장수는 겨울잠쥐와 팔짱을 끼고 따라온 3월 토끼를 쳐다보았다. "3월 14일인 듯합니다."

"15일이야." 3월 토끼가 말했다.

"16일이지." 겨울잠쥐도 거들었다.

"기록하라." 왕이 배심원에게 지시하자, 배심원은 석판에 세 날짜를 열심히 쓰더니 숫자를 전부 더해서 돈으로 환산했다.

"네 모자를 벗어라." 왕이 모자 장수에게 명했다.

"제 것이 아닙니다." 모자 장수가 대답했다.

"훔친 것이구나!" 왕이 소리치며 배심원단을 쳐다보았고, 배심원은 곧바로 그 사실을 기록했다.

"파는 물건입니다." 모자 장수가 변명했다. "저는 모자 장수라 제 것은 하나도 없습니다."

그러자 여왕이 안경을 쓰고 모자 장수를 뚫어지게 노려보았고, 모자 장수는 낯빛이 새하얗게 질려서 안절부절못했다.

"떨지 말고 증언하라. 아니면 이 자리에서 처형하겠다." 왕이 말했다.

이 말에 모자 장수는 조금도 기운이 나지 않는 것 같았다. 계속 이 발에서 저 발로 몸무게를 바꿔 실으며 불안하게 여왕을 바라보았고, 많이 당황했는지 버터 바른 빵 대신에 찻잔을 한 입 크게 깨물었다.

바로 그 순간, 앨리스는 뭔가 이상한 느낌이 들었다. 한참 동안 어리둥절하게 있었는데, 알고 보니 몸이 다시 자라고 있는 게 아닌가! 앨리스는 일어서서 법정을 떠나려고 했지만, 마음을 바꿔 공간이 남아 있는 한 그대로 머무르기로 했다.

"그렇게 밀치지 마." 앨리스 곁에 앉아 있던 겨울잠쥐가 불평했다. "숨을 못 쉬겠단 말이야."

"나도 어쩔 수 없어요." 앨리스가 미안하다는 듯 말했다. "몸이 자라고 있다고요."

"여기서 자랄 권리는 없어." 겨울잠쥐가 쏘아붙였다.

"말도 안 되는 소리예요." 앨리스도 대담하게 받아쳤다. "그쪽도 자라고 있잖아요."

"하지만 나는 적당한 속도로 자라잖아. 그렇게 터무니없이 자라지 않는다고." 샐쭉하게 토라진 겨울잠쥐는 자리에서 일어나 반대편으로 가버렸다.

그러는 내내 여왕은 눈을 떼지 않고 모자 장수를 쏘아보고 있었고, 겨울잠쥐가 법정을 가로지르던 순간 여왕이 법정 관리에게 말했다. "지난번 음악회에서 노래한 자의 명단을 가져오너라!" 그 말이 떨어지자, 불쌍한 모자 장수가 사시나무 떨듯 벌벌 떠는 바람에 양발의 신발이 벗겨졌다.

"증언하라." 왕이 화난 말투로 재차 말했다. "그렇지 않으면 벌벌 떨든 말든 처형하겠다."

"폐하, 저를 딱하게 여겨 주십시오." 모자 장수가 떨리는 목소리로 말을 시작했다. "차를 마시기 시작한 지…, 일주일이 채 지나지 않았습니다…. 버터 바른 빵은 바싹 말라 가고…, 찬란한 차로…."

"찬란한 뭐?" 왕이 물었다.

"차로 시작했습니다." 모자 장수가 대답했다.

"찬란함이라는 말은 당연히 차로 시작하지!" 왕이 날카롭게 말했다. "나를 바보로 아는 게야? 계속 말하라!"

"저를 딱히 여겨 주십시오." 모자 장수가 말을 이었다. "그 후로는 거의 모두 찬란해져서…, 3월 토끼가 그렇게 말하기를…."

"난 그런 적 없어!" 3월 토끼가 다급히 말을 끊었다.

"그랬잖아!" 모자 장수가 받아쳤다.

"그 사실을 부인하겠어!" 3월 토끼가 반박했다.

"저자가 부인하는구나. 그 부분은 삭제하라." 왕이 지시했다.

"어쨌거나 겨울잠쥐가 말하기를…." 모자 장수는 말을 이으면서 겨울잠쥐도 부인할까 봐 걱정스러운 기색으로 주위를 둘러보았다. 하지만 이미 깊이 잠든 겨울잠쥐는 아무것도 부인하지 않았다.

"그런 후에 저는 버터 바른 빵을 조금 더 잘라서…." 모자 장수가 계속했다.

"그런데 겨울잠쥐가 뭐라고 했습니까?" 배심원 하나가 물었다.

"기억나지 않습니다."

"반드시 기억해 내거라. 그렇지 않으면 처형하겠다." 왕이 말했다.

그 말에 불쌍한 모자 장수는 찻잔과 버터 바른 빵을 떨어뜨리더니 한쪽 무릎을 꿇었다. "저를 딱하게 여겨 주십시오, 폐하."

"말주변은 참으로 딱하구나." 왕이 받아쳤다.

그때 기니피그 한 마리가 환호성을 질러서 법정 관리에게 즉시 제압당했다. 법정 관리는 입구를 끈으로 여미는 커다란 자루를 가져와서 기니피그를 머리부터 집어넣고는 그 위에 앉았다.

'이런 광경을 직접 보다니 잘됐다.' 앨리스가 생각했다. '신문 기사를 읽을 때면 늘 재판 막바지에 누가 박수갈채를 보내려다 법정 관리에게 즉시 제압당했다는 말이 나왔는데, 이제야 무슨 뜻인지 알겠어.'

"아는 바가 그뿐이라면 내려가도 좋다." 왕이 말을 이었다.

"더는 내려갈 수 없습니다. 이미 바닥에 있습니다." 모자 장수가 대답했다.

"그러면 앉아도 좋다." 왕이 다시 분부했다.

그러자 다른 기니피그가 환호성을 질렀다가 제압당했다.

'됐다, 이제 기니피그가 잠잠해지겠지!' 앨리스가 생각했다. '이제 좀 낫겠어.'

"차를 마저 마시고 싶습니다." 모자 장수가 걱정스러운 기색으로 여왕을 바라보며 말했다. 여왕은 가수 명단을 읽고 있었다.

"물러가도 좋다." 왕이 분부하자 모자 장수는 신발을 제대로 신지도 못한 채 부랴부랴 법정을 떠났다.

"밖에서 저자의 목을 베어라." 여왕이 법정 관리에게 덧붙였지만, 관리가 문가에 닿기도 전에 모자 장수는 사라지고 없었다.

"다음 증인을 불러라!" 왕이 명령했다.

다음 증인은 공작 부인의 요리사였다. 요리사는 후추통을 들고 왔는데, 앨리스는 증인이 법정으로 들어오기도 전에 문가에 앉은 사람들이 동시에 재채기하는 모습을 보고 누구인지 바로 알아차렸다.

"증언하거라." 왕이 말했다.

"그럴 수 없습니다." 요리사가 대답했다.

왕이 불안한 표정으로 흰 토끼를 쳐다보자 토끼가 목소리를 낮게 깔고 말했다. "폐하, 이번 증인은 반대 신문을 하셔야 합니다."

"그래야 한다면 해야겠지." 왕이 우울한 말투로 말하고는, 팔짱을 낀 채 앞이 거의 안 보일 때까지 찡그리며 요리사를 쳐다보다가 엄숙하게 질문했다. "타르트는 무엇으로 만드느냐?"

"주로 후추가 들어갑니다." 요리사가 대답했다.

"당밀이지." 뒤에서 잠결에 잠긴 목소리가 말했다.

"겨울잠쥐를 붙잡아라!" 여왕이 악을 쓰며 외쳤다.

"저 겨울잠쥐의 목을 베라! 법정 밖으로 쫓아내라! 제압해라! 꼬집어라! 수염을 뽑아라!"

겨울잠쥐를 쫓아내느라 한동안 온 법정이 혼란에 휩싸였다. 소란이 가라앉았을 무렵, 요리사는 사라지고 없었다.

"신경 쓸 것 없다." 왕은 한결 마음이 놓인다는 투로 말했다. "다음 증인을 불러라." 그러고는 목소리를 깔고 여왕에게 덧붙였다. "부인, 다음 증인은 부인이 반대 신문하시오. 나는 머리가 지끈거려서 못 하겠소!"

앨리스는 흰 토끼가 명단을 더듬거리며 살피는 모습을 지켜보면서 다음 증인은 누가 될지 무척 궁금해했다. "아직은 별다른 증언이 나오지 않았어." 앨리스가 혼잣말로 중얼거렸다.

그 순간 흰 토끼가 새된 목소리로 증인의 이름을 불렀을 때, 앨리스가 얼마나 놀랐을지 상상해 보시라.

"앨리스!"

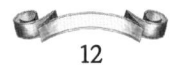
12
앨리스의 증언

"여기 있어요!"

부산스러운 분위기 탓에 몇 분 사이 몸이 얼마나 커졌는지 까맣게 잊은 앨리스는 허겁지겁 일어서느라 치맛자락으로 배심원석을 넘어뜨려서 배심원이 모조리 아래의 객석으로 고꾸라졌다. 배심원이 널브러진 모습을 보자 지난주에 실수로 금붕어 어항을 엎어버린 일이 떠올랐다.

"어머나, 죄송해요!"

앨리스는 무척 당황해서 사과의 말을 외치며 최대한 빨리 배심원을 집어 들기 시작했다. 금붕어 사건이 머릿속을 자꾸 맴돌아서, 어쩐지 당장 배심원을 제자리에 돌려놓지 않으면 이들이 죽을지도 모른다는 생각이 들었다.

"재판을 잠시 멈추겠다." 왕이 몹시 근엄한 목소리로 말했다. "배심원 전원이 제자리로 돌아갈 때까지. 배심원 전원이." 왕은 앨리스를 빤히 쳐다보며 또박또박 힘주어 말했다.

앨리스가 배심원석을 바라보니, 조금 전 서두르다가 도마뱀을 거꾸로 앉혀 놓는 바람에 가여운 도마뱀이 꼼짝하지 못하고 꼬리만 애처롭게 흔들고 있었다. 앨리스는 얼른 도마뱀을 꺼내서 똑바로 앉혀 놓고 혼잣말했다. "별로 중요하지도 않잖아. 이렇게 앉으나 저렇게 앉으나 재판에 별 도움도 안 될 것 같은데."

거꾸로 처박힌 충격에서 어느 정도 벗어난 배심원단은 석판과 석필을 돌려받은 후 방금 벌어진 사고를 부지런히 기록하기 시작했다. 오직 도마뱀만 예외였다. 도마뱀은 충격에서 헤어나지 못했는지 입을 벌리고 앉아서 가만히 법정 천장만 바라보았다.

"이 사건에 관해 아는 게 무엇이냐?" 왕이 앨리스에게 물었다.

"아무것도요." 앨리스가 대답했다.

"아무것도 모른다?" 왕이 끈질기게 물었다.

"아무것도 몰라요."

"아주 중요한 증언이다." 왕이 배심원을 돌아보며 말했다. 배심원이 석판에 그 말을 받아적으려는 차에 흰 토끼가 끼어들었다. "폐하의 말씀은 당연히 중요하지 않다는 뜻이겠지요." 토끼는 굉장히 공손하게 말했지만, 왕을 보며 낯을 잔뜩 찌푸렸다.

"물론, 중요하지 않다는 뜻이었다." 왕이 다급히 말하고는 목소리를

낮춰서 중얼거렸다. "중요하다, 중요하지 않다, 중요하다, 중요하지 않다…." 꼭 어느 말이 더 위엄 있게 들리는지 시험해 보려는 것 같았다.

배심원 중 일부는 '중요하다'라고 적었고, 다른 일부는 '중요하지 않다'라고 적었다. 앨리스는 배심원석 가까이에서 석판을 내려다볼 수 있었다. '뭐라고 적든 아무 상관 없는데.'

"정숙!" 그때 한동안 공책에 열심히 뭔가를 쓰고 있던 왕이 고함치더니 공책에 쓴 내용을 읊었다. "규칙 제42조, 키가 1.5km 이상인 자는 모두 법정을 떠야 한다."

그러자 다들 앨리스를 쳐다보았다.

"제 키가 1.5km나 되지는 않아요." 앨리스가 말했다.

"그 정도가 맞다." 왕이 받아쳤다.

"거의 3km나 되지." 여왕도 거들었다.

"어쨌든 저는 안 나갈 거예요." 앨리스가 대꾸했다. "게다가 그건 정해진 규칙도 아니잖아요. 방금 지어낸 건데."

"책에서 가장 오래된 규칙이다."

"그러면 분명히 제1조였겠죠."

왕은 새하얗게 질려서 황급히 공책을 덮더니 낮게 떨리는 목소리로 배심원단에게 명령했다. "평결을 준비하라."

"아직 증거가 더 남아 있습니다, 폐하." 흰 토끼가 벌떡 일어났다. "여기, 방금 입수한 문서입니다."

"내용이 무엇인가?" 여왕이 질문했다.

"아직 열어 보지 않았습니다." 흰 토끼가 대답했다. "하지만 편지로 보입니다. 죄수가… 누군가에게 보낸 듯합니다."

"틀림없이 그럴 테지." 왕이 말했다. "아무에게도 보내지 않는 편지가 아니라면. 하지만 그런 경우는 없지 않나."

"누구에게 보내는 편지입니까?" 배심원 하나가 물었다.

"수신인이 적혀 있지 않습니다." 흰 토끼가 대답했다. "사실, 겉면에 아무것도 없습니다." 토끼는 종이를 펼쳐서 열어 보고는 덧붙였다. "편지가 아니군요. 시입니다."

"죄수의 필체로 적혀 있습니까?" 다른 배심원이 물었다.

"아닙니다. 정말로 기묘한 일이군요." 이 말에 배심원 모두 어리둥절해졌다.

"다른 이의 필체를 흉내 낸 것이 틀림없다." 왕이 말했다. 그러자 배심원 모두 표정이 밝아졌다.

"폐하," 잭이 입을 뗐다. "제가 쓴 것이 아닙니다. 제가 썼다는 증거도 없습니다. 마지막에 서명이 없지 않습니까."

"네놈이 서명하지 않았다면, 죄가 더 중해질 뿐이다. 분명히 못된 짓을 꾸몄던 게로구나. 떳떳했다면 서명했겠지."

박수가 터져 나왔다. 그날 왕이 처음으로 그럴싸한 말을 했기 때문이었다.

"이것으로 유죄가 입증되었다." 여왕이 나섰다. "그러니 저놈의 목을…."

"아무것도 입증되지 않았어요!" 앨리스가 말했다. "무슨 내용인지도 모르잖아요!"

"읽어 보아라." 왕이 명령했다.

흰 토끼는 안경을 썼다. "어디서부터 읽으면 되겠습니까, 폐하?"

"처음부터 시작하라." 왕이 엄숙하게 말했다. "그리고 끝까지 계속 읽은 다음에 멈추어라."

법정에 정적이 내려앉자, 흰 토끼가 시를 큰소리로 읽었다.

"그들은 그대가 그녀에게 갔고,

그에게 내 얘기를 했다고 했네.

그녀는 내가 성격은 좋지만,

수영은 못 한다고 말했다네.

그는 그들에게 내가 가지 않았다고 전했고

(우리는 사실인 걸 알지.)

그녀가 그 문제를 계속 밀고 나간다면,

그대는 어떻게 될까?

나는 그녀에게 하나를 주었고, 그들은 그에게 둘을,

그대는 우리에게 셋이나 그 이상을 주었네.

그들은 그에게 갔던 것 전부를 그대에게 돌려주었지,

전에는 내 것이었다네.

나 혹은 그녀가 우연히도

이 사건에 휘말린다면,

그는 그대가 그들을 풀어 주리라 믿는다네,

우리가 그랬던 대로.

내 생각에 그대는

(그녀가 이렇게 화내기 전에)

그와 우리와 그것 사이에 끼어든 장애물이었네.

그녀가 그들을 가장 좋아했다는 걸 그에게 알리지 말게.

이 일은 반드시

나머지 모두는 모르는

그대와 나만의 비밀이어야 하네."

"이제껏 들은 것 중 가장 중요한 단서로다." 왕이 손을 비비며 말했다. "그러니 이제 배심원은…."

"누구든 이 시가 무슨 뜻인지 설명한다면," 앨리스가 끼어들었다. 앨리스는 몇 분 사이에 몸이 하도 많이 자라서 왕의 말을 자르고 끼어드는 게 조금도 겁나지 않았다. "6펜스를 드릴게요. 시에 의미가 손톱만큼도 없는 것 같거든요."

배심원단은 석판에 '그녀는 시에 의미가 손톱만큼도 없다고 생각한다.'라고 받아적었지만, 아무도 시의 뜻을 설명하겠다고 나서지 않았다.

"시에 아무 의미가 없다면," 왕이 나섰다. "의미를 찾을 필요가 없으니 수고를 덜겠구나. 하지만 아직도 모르겠다." 왕은 시를 무릎에 펼쳐 놓고 한쪽 눈으로 살피며 말을 이었다. "의미를 찾은 것 같기도 한데. '수영은 못 한다고 말했다네.' 이 부분 말이다. 네놈은 수영을 못하지 않느냐?" 왕이 잭을 돌아보며 물었다.

잭은 처량하게 고개를 저었다.

"수영할 수 있을 것처럼 보이십니까?"

온몸이 종이였으니 당연히 할 수 없었다.

"이 구절까지는 잘 들어맞는군." 왕은 혼자서 시구를 중얼거렸다. "'우리는 사실인 걸 알지'에서 '우리'는 당연히 배심원단이겠지…. '그녀가 그 문제를 계속 밀고 나간다면'에서 '그녀'는 틀림없이 여왕이겠군…. '그대는 어떻게 될까?' 그래, 그렇지! '나는 그녀에게 하나 주었고, 그들은 그에게 둘을' 이 구절은 저놈이 타르트를 어떻게 했는지 알려 주는 것이렷다."

"하지만 '그들은 그에게 갔던 것 전부 그대에게 돌려주었지'라고 하잖아요." 앨리스가 말했다.

"그래, 저기에 있지 않느냐!" 왕이 의기양양하게 소리치며 탁자에 놓인 타르트를 가리켰다. "저보다 더 분명한 증거는 없다. 그리고 '그녀가 이렇게 화내기 전에'라는 구절도 있지. 부인, 부인은 이렇게 화낸 적이 없지 않소?" 왕이 여왕에게 물었다.

"한 번도요!" 여왕이 격분해서 소리치며 도마뱀에게 잉크통을 집어 던졌다. (가여운 빌은 손가락으로 글씨를 써 봤자 아무런 흔적도 남지 않는다는 사실을 깨닫고 쓰기를 중단하고 있었다. 하지만 이제는 얼굴에서 흘러내리는 잉크를 서둘러 찍어서 글을 쓰기 시작했고, 잉크가 마를 때까지 계속할 수 있었다.)

"그러면 이 구절에도 화내지 말았어야지 않소?"

왕은 씩 웃으며 법정을 둘러보았다. 법정은 쥐 죽은 듯 정적만 감돌았다.

"말장난이오." 왕이 속상한 말투로 덧붙이자 모두가 웃음을 터뜨렸다. "배심원은 평결을 준비하라." 그날 스무 번도 더 나온 말이었다.

"아니, 안 돼!" 여왕이 나섰다. "선고가 먼저고…, 평결은 그다음이다."

"말도 안 돼요!" 앨리스가 소리쳤다. "선고가 먼저라뇨!"

"입 다물어!" 여왕이 시퍼렇게 질려서 외쳤다.

"싫어요!" 앨리스가 대꾸했다.

"저 계집의 목을 쳐라!" 여왕이 고래고래 악을 썼지만, 아무도 움직이지 않았다.

"누가 당신한테 신경 쓸 줄 알아요?" 앨리스가 말했다.

(이즈음 앨리스는 이미 원래 키로 다 자라 있었다.)

"너희들은 고작 카드일 뿐이야!"

그러자 온 카드가 공중으로 솟구쳐서 앨리스에게 날아들었다. 앨리스는 무섭기도 하고 화나기도 해서 살짝 비명을 지르며 카드를 쳐내려 했다. 그러다가 앨리스는 자기가 강둑에서 언니의 무릎을 베고 누워있고, 얼굴로 떨어진 낙엽을 언니가 다정하게 쓸어내고 있다는 사실을 깨달았다.

"앨리스, 이만 일어나렴! 어쩜 낮잠을 그리 오래 자니!" 언니가 말했다.

"아, 정말 신기한 꿈을 꿨어!"

앨리스는 여러분이 지금까지 읽은 이 기묘한 모험담을 기억나는 대로 전부 언니에게 들려주었다.

앨리스가 이야기를 마치자, 언니는 앨리스에게 입을 맞추며 말했다. "참 별난 꿈이네. 이제 얼른 차를 마시러 가. 늦겠다." 앨리스는 일어나서 집으로 달려가며 무척 근사한 꿈을 꾸었다고 생각했다.

하지만 언니는 앨리스가 떠나고도 그 자리에 그대로 앉아서 손으로 턱을 괴고 지는 해를 바라보며 앨리스의 놀라운 모험을 생각했다. 그러다가 언니도 꿈에 빠져들었다.

처음에는 앨리스가 나오는 꿈을 꾸었다. 앨리스는 작은 손으로 언니의 무릎을 끌어안았고, 밝은 눈동자로 언니를 빤히 올려다보았다. 언니는 앨리스의 목소리도 들었고, 흘러내려서 늘 눈가를 찌르는 머리카락을 뒤로 넘기려고 고개를 독특하게 살짝 젖히는 앨리스의 모습도 보았다. 귀를 기울이니 주변 전체가 동생의 꿈에 나왔던 이상한 생명체로 살아나는 소리가 들려왔다. 아니, 들리는 것 같았다.

흰 토끼가 서둘러 지나가자 발치의 기다란 풀이 바스락거렸다. 겁에 질린 생쥐가 근처의 물웅덩이에서 물을 텀벙텀벙 튀기며 헤엄쳐 갔다. 3월 토끼와 친구들이 결코 끝나지 않는 다과회를 벌이며 찻잔을 달그락거리는 소리도, 여왕이 불운한 손님에게 처형을 명령하는 날카로운 목소리도 들렸다. 다시 돼지 아기가 공작 부인의 무릎에서 재채기했고, 주변에서 접시와 그릇이 날아다니며 깨졌다. 그리핀이 날카롭게 외치는 소리, 도마뱀이 석필로 석판을 끼익 긁는 소리, 제압당한 기니피그가 숨 막혀서 캑캑거리는 소리가 공기를 가득 메웠고, 저 멀리서 가짜 거북이 흐느끼는 소리도 섞여서 들렸다.

언니는 두 눈을 감고 앉아서 자신이 지금 이상한 나라에 와 있다고 상상했다. 하지만 다시 눈을 뜨면 지루한 현실로 바뀌리라는 사실을 잘 알았다. 풀은 바람이 불어서 바스락거릴 뿐이고, 웅덩이는 갈대가 흔들리면서 잔물결이 일었을 뿐이었다. 찻잔이 달그락대는 소리는 양의 목에 달린 방울이 짤랑거리는 소리로 바뀌고, 여왕의 찢어지는 고함 소리는 양치기 소년의 목소리로 바뀔 터였다. 돼지 아기의 재채기, 그리핀의 날카로운 외침, 그 밖의 이상한 소리 모두 분주한 농장 마당의 부산스러운 떠들썩거림으로 변할 것이며, 가짜 거북의 하염없는 흐느낌도 멀리서 울려 퍼지는 소 떼의 울음소리가 될 것이다.

마지막으로 언니는 어린 동생이 훗날 어엿한 아가씨가 된 모습을 그려 보았다. 그 모든 세월이 흐른 후에도 동생이 어린 시절의 순진하고 사랑스러운 마음을 간직할지 생각했다. 어른이 된 앨리스는 어린아이들을 모아 놓고 신기한 이야기, 어쩌면 먼 옛날 이상한 나라의 꿈 이야기를 들려주며 설레는 마음으로 아이들의 눈을 반짝이게 할지도 모른다. 그렇게 아이들의 순진한 슬픔에 공감하고, 소박한 즐거움에 기쁨을 느끼며 자신의 어린 시절과 행복했던 여름날을 추억할 것이다. ♣

따라 쓰는 즐거움 01
이상한 나라의 앨리스 필사집

초 판 발 행 일	2025년 03월 20일
발 행 인	박영일
책 임 편 집	이해욱
저 자	루이스 캐럴
옮 긴 이	성소희
편 집 진 행	황규빈
표 지 디 자 인	김도연
표 지 그 림	전성연
본 문 디 자 인	김세연
발 행 처	시대인
공 급 처	(주)시대고시기획
출 판 등 록	제 10-1521호
주 소	서울시 마포구 큰우물로 75 [도화동 538 성지 B/D] 9F
전 화	1600-3600
홈 페 이 지	www.sidaegosi.com
I S B N	979-11-383-8671-5 [03840]
정 가	20,000원

※이 책은 저작권법에 의해 보호를 받는 저작물이므로, 동영상 제작 및 무단전재와 복제, 상업적 이용을 금합니다.
※이 책의 전부 또는 일부 내용을 이용하려면 반드시 저작권자와 (주)시대고시기획·시대인의 동의를 받아야 합니다.
※잘못된 책은 구입하신 서점에서 바꾸어 드립니다.

시대인은 종합교육그룹 (주)시대고시기획·시대교육의 단행본 브랜드입니다.